DE LA MÊME AUTRICE

HISTOIRE NATURELLE, roman, Éditions J.-C. Lattès, 2014.

MISE EN PIÈCES, roman, Éditions Gallimard, 2017, Folio n° 6575.

STARK, nouvelle, Éditions Marcel, 2018.

NINA LEGER

ANTIPOLIS

roman

nrf

GALLIMARD

L'autrice remercie le Centre national du livre
et la Fondation Lagardère pour leur soutien.

Pour fabriquer un monde nouveau, il faut partir d'un monde qui existe. Aucun doute là-dessus. Pour en découvrir un, peut-être faut-il en avoir perdu un. Ou être perdue soi-même.

URSULA K. LE GUIN
Faire des mondes

C'était la forêt ; ils y bâtiraient une ville.

C'était la garrigue en broussailles ; ils construiraient des bâtiments aux géométries exigeantes.

Il y aurait des entreprises, des universités, des laboratoires, des centres de recherche.

Il y aurait des habitations, des écoles, des parkings, des places arborées, des pharmacies, un bureau de tabac, des cafés-restaurants, un théâtre.

Il n'y avait rien, il y aurait tout.

Il n'y avait rien, il y aurait tout : racontée ainsi, l'histoire de Sophia-Antipolis est une lame qui tranche dans la matière du monde.

Mais cette version est un écran : des événements de surface en un certain ordre assemblés, des événements et beaucoup d'oublis.

Des oublis minuscules, où meurent les faits trop fragiles ou disparates pour tenir alignés sur le droit-fil du récit – les humeurs, les intuitions, les hasards, les évitements, les rencontres fortuites ou manquées, les signaux qui s'allument et s'éteignent sans avoir reçu de réponse, toutes choses indiscernables sans lesquelles, pourtant, rien ne serait advenu.

Et un oubli monument, qui n'est pas de détail mais de bloc – l'omission monolithe dans laquelle toute histoire tient les autres pour mieux se raconter.

Nous voulons croire à l'innocence des histoires, mais chacune est violente dans l'acharnement qu'elle met à exister seule – recouvrant, conquérant, annexant, établissant un domaine dont elle se déclare unique propriétaire. Dès qu'une histoire est dite, les autres sont tues.

Il n'y avait rien, il y aurait tout : une histoire qui commence ainsi oublie davantage qu'elle ne se souvient, elle passe sous silence les voix distinctes, les visions distinctes, les innombrables versions de la réalité sans lesquelles un récit n'est que le fantasme d'un monde au garde-à-vous. Pour lui échapper, il faut approcher les faits comme les lieux, avec la conscience qu'aucun promontoire, si surplombant soit-il, ne livrera jamais le portrait véridique et complet d'un territoire.

Observée depuis un certain point, l'histoire de Sophia-Antipolis est celle-ci :

une femme traverse l'Europe
un jeune homme tombe amoureux
un journal publie une tribune
un hélicoptère survole des collines
un ruban est coupé
une route est construite.

Sous un autre angle, elle se transforme :

des peines sont rassemblées entre des murs de brique
des misères sous les eucalyptus
des explosions font trembler les murs
des bulldozers prennent position.

Dans la torpeur d'un été, elle devient autre encore :

une époque est révolue
des jeunes filles s'en vont
un homme est mort
un souvenir pourrait disparaître
comment le retenir ?

Ces vues sont incomplètes, elles se superposent, se contredisent, elles brisent l'obstination de l'histoire qui voulait être seule pour répéter en paix : il n'y avait rien, il y aurait tout, il n'y avait rien, il y eut tout.

Initier

[une vie]

En apparence, ça commence le 20 août 1960. Un homme signe une tribune dans *Le Monde*. Il s'appelle Pierre, Pierre Laffitte, il a trente-cinq ans, il est polytechnicien, ingénieur des Mines, il veut fonder une ville du futur pour susciter le futur – ou en tout cas ce qui en constitue alors le synonyme exact : la modernité.

Cette ville, écrit-il, ne ressemblera à aucune autre. La verdure y remplacera l'asphalte et le ciel, les néons. Ceux qui y vivront seront physiciens, mathématiciens, ingénieurs, professeurs, chefs d'entreprise. Ils auront pour mission d'anticiper l'avenir en lui donnant ses formes.

Pierre désigne quelques campagnes riveraines de Paris où sa ville pourrait voir le jour – les environs d'Étampes, d'Orléans, de Montargis.

Il imagine des noms – à Étampes, la ville se nommerait Uranie-sur-Essonne, à Orléans, Tekhnè-sur-Loire, à Montargis, Sophia-en-Gâtinais. Pierre dit la modernité avec les mots du grec : Uranie, muse de l'astronomie, Sophia la sagesse, Tekhnè, la technique ou, plus précisément, l'art efficace de faire advenir ce qui manque

– l'art qu'il faudra, par exemple, pour construire cette ville sans précédent.

Uranie-sur-Essonne, Tekhnè-sur-Loire, Sophia-en-Gâtinais. Peut-être imagine- t-il d'autres alliances entre culture hellénistique et région parisienne, laissant flotter dans les marges de ses brouillons une Alètheia-sur-Marne, une Callisto-en-Yvelines ou une Arkhè-sous-Bois. Peut-être aussi, pour rire, formule-t-il des doubles maléfiques – Morphée-la-Forêt, Aporie-en-Vexin. Ces inventions ne prêtent pas à conséquence : Pierre sait déjà que sa ville s'appellera Sophia. Il a pour ça des raisons qui n'ont rien d'antique. Car en réalité, ça commence par une femme.

Les notices biographiques la nomment Sophie Laffitte, née le 27 octobre 1905 sous le nom de Sofia Grigorievna Glikman-Toumarkine ou plutôt Софья Григорьевна Гликман-Тумаркина. Les notices disent que, fille de la noblesse juive de Kiev, elle émigre à Berlin, puis à Paris en 1922 où elle suit des études de littérature à la Sorbonne et à l'école des Langues orientales.

Quitter Kiev pour Berlin, en partir pour Paris : les notices omettent si bien les arrière-fonds que les circulations de la famille Glikman-Toumarkine ressemblent à des choix. Il faut donc préciser les notices, rappeler que Sofia naît à Kiev quand Kiev est russe ;

qu'elle naît aristocrate quand l'espoir d'un monde nouveau devenant révolte, devenant révolution, fait tomber le tsar et destitue sa noblesse ;

qu'elle naît juive quand se ravivent des haines plus vieilles que les mémoires et que des pogroms ensanglantent la Russie occidentale.

Les notices disent que la famille Glikman-Toumarkine émigre alors qu'elle fuit.

Fuit Kiev, se réfugie à Berlin.

Fuit Berlin, se réfugie à Paris.

À chaque fois, le refuge devient gueule du loup.

Que fait Sofia dans la France occupée ?

Est-ce qu'elle fuit ?

Est-ce qu'elle se cache ?

Elle est inscrite en thèse dans le département de Littératures slaves de la Sorbonne et consacre son étude au poète russe Alexandre Blok, rassurent les notices qui, pour le reste, se taisent. Ne restent qu'hypothèses et images floues :

Sofia quittant Paris pour rejoindre des parents ou des amis à Nice, ville historique de l'aristocratie russe ;

Sofia partant à nouveau quand Nice est livrée à l'Italie fasciste ;

Sofia traversant la Méditerranée, continuant sa fuite à l'échelle atlantique ou pacifique – peut-être jusqu'en Australie ;

Sofia fuyant, elle qui depuis sa naissance n'a connu que ce mouvement, n'a éprouvé les villes qu'à la manière d'étapes, elle qui – résolue à ne plus habiter – tente de considérer ses départs comme une envie d'aller, préférant se dire cause que de se savoir brindille.

Accoudée au bastingage d'un bateau, allongée sur la couchette d'un train de nuit, assise au fond d'un autobus, elle apprend à raconter sa vie comme si elle avait décidé de chaque événement.

Elle se déplace avec sa machine à écrire – énorme étui en cuir qu'elle soulève avec tant de facilité qu'il semble une prolongation d'elle-même plutôt qu'un bagage. Elle pense aux lampes en opaline de la bibliothèque de la Sorbonne, aux murs couverts de livres qui auraient dû lui être un monde pendant ses années de thèse. Au lieu de quoi, ses décors changent d'une nuit à l'autre. Les poèmes de Blok s'imprègnent de ses circulations, suscitant pour elle seule des lumières, des bruits, des odeurs et des lieux que le poète ne put jamais connaître, lui qui ne quitta la Russie qu'à trois reprises pour séjourner en Italie, en Bretagne et à Biarritz. Abandonnant Saint-Pétersbourg avec l'empressement d'un prisonnier qu'on libère, il débarquait enthousiaste, respirait à pleins poumons l'air nouveau, admirait chaque détail des terres étrangères, depuis les monuments jusqu'à l'organisation des postes, puis, en quelques jours, dégringolait dans l'ennui et l'aversion, ne vivant plus qu'enfermé, dans l'espoir maniaque du retour.

Accoudée au bastingage d'un bateau, allongée sur la couchette d'un train de nuit, assise au fond d'un autobus, Sofia savoure comme une victoire de rendre vagabond un poète immobile.

Quand elle soutient sa thèse, l'Occupation est terminée, la guerre aussi. La Sorbonne a retrouvé son calme. Les membres du jury s'expriment tour à tour – l'un, éloquence déliée et main grandiloquente, l'autre, voix empesée collée au papier, un troisième, mots fluets voletant sous les plafonds, un dernier sautillant pour refermer la marche. Ils vantent les forces et tours de force du travail, mais Sofia est déçue car tous passent muettement devant le chapitre qu'elle a consacré aux voyages ratés du poète.

Il faudra publier, concluent les professeurs, leurs voix harmonisées en un chœur parfait, et Sofia publie. Le nom qui figure sur la couverture n'est pas Sofia Glikman-Toumarkine, mais Sophie Bonneau. Un prénom français suivi d'un nom d'épouse : mariée à un universitaire, traducteur, spécialiste de la poésie japonaise, Sofia devient Sophie. Elle est engagée à la Bibliothèque nationale où elle fonde le service de Littérature slave. Prenant un nom et un prénom nouveaux, elle prend aussi une place, celle d'intellectuelle, d'épouse, de Parisienne sédentaire, disposant d'un appartement et d'un bureau rue Richelieu. Dans cet ensemble, rien ne devrait bouger.

Pourtant, ça bouge.

C'est infime d'abord, à peine un déplacement, tout juste quelques pas aux côtés d'un jeune homme, une promenade comme on en fait tant, comme on en oublie tant : pas de quoi bouleverser l'ordre installé d'une vie. Mais les événements décisifs ne s'annoncent pas toujours. Ils débutent dans le gris, un gris quotidien dont on ne se méfie pas, qui berce et qui rassure, rien ne peut arriver, rien n'arrivera, un gris maussade et vide d'automne sans éclat, gris anodin, gris de rien, gris comme le ciel étendu au-dessus du Luxembourg pendant que Sophie marche à côté du jeune homme. Elle devrait savoir que ce ciel trop discret lui cache quelque chose, mais elle ne le voit pas, car elle regarde les cheveux, le front, la bouche, les paupières de ce jeune homme qui ne doit rien changer à sa vie.

Tout à l'heure, elle donnait une conférence à l'École polytechnique devant une salle pleine de visages et de questions. Il n'y a plus ni pupitre, ni micro, ni foule pour la questionner, il n'y a plus qu'une seule personne mais il semble à Sophie que l'attention d'une salle entière n'est rien comparée à celle de ce jeune homme aux yeux obstinément baissés. Elle pense, C'est de l'admiration. Elle sent que c'est autre chose.

Le jeune homme s'appelle Pierre, il vient de Saint-Paul-de-Vence, il a fait ses études à Nice avant d'intégrer Polytechnique où il est étudiant. Il entreprend de lui raconter sa vie mais le tour en est vite fait et il est déconcerté de se voir parcouru en si peu de mots. Alors, il questionne Sophie et elle lui raconte Kiev, la fuite, Berlin, la fuite, Paris, la guerre. Elle lui décrit les faits comme elle se les raconte à elle-même : des objets indifférents, ne méritant ni passion, ni révolte. Mais le jeune homme frémit. Il s'exclame, s'indigne. Elle tempère,

C'est ainsi

Elle ne sait pas répondre autrement à ceux qui prennent à cœur ce récit qu'elle-même ne supporte qu'en le plaçant à distance,

C'est ainsi

Elle s'en est convaincue. Ce n'est ni un soupir, ni une

déploration, c'est un constat, droit, sans apprêt et qui ne suggère rien d'autre que ce qu'il énonce,

C'est ainsi

Mais Pierre se révolte. Lui – l'émigré de poche, déplacé du sud au nord de la France pour cause d'excellence scolaire – voudrait qu'elle – l'expatriée d'échelle européenne et historique – ait le cœur assez neuf pour s'offusquer comme il le fait des cruautés du monde.

Le gris s'est estompé, le ciel étire sur la ville un bleu attendri qui n'est pas de saison et Sophie comprend que l'émoi du jeune homme n'est pas seulement fait de colère. Elle comprend aussi qu'à force de regarder ce front, cette bouche, ces paupières, à force de s'étonner de cet enthousiasme et de s'en croire exempte, elle-même pourrait bien – mais elle ne pense pas plus loin et le ciel se voile. Sophie se dit que tout est sauf, que rien n'a bougé, que ce n'est qu'une promenade en compagnie d'un jeune homme passionné dont il ne restera rien sauf, peut-être, ce détail : de toute leur marche, il n'a pas détaché les yeux de ses chaussures. Mais au moment de se quitter, avec une brusquerie désarmante et une voix blanche de trop d'émotion, il lève les yeux, la regarde et lui dit,

J'aimerais vous revoir

Ils se revoient et terminent ensemble ce qu'ils avaient commencé : ils tombent amoureux.

Au deuxième rendez-vous, ou peut-être au troisième, Pierre demande à Sophie,

Vous connaissez Romulus et Remus ?

Il tient ses yeux fixés sur les siens, comme si la question était de vie ou de mort. Elle pourrait rire, elle répond simplement,

Les jumeaux, élevés par une louve ?

Vous savez qu'après avoir quitté la louve, ils décidèrent de fonder une ville

Oui

Et que cette ville fut Rome ?

Oui

Mais connaissez-vous le détail de cette histoire ?

Racontez-moi

Pierre s'installe dans le récit et, en quelques instants, le récit le transforme. Sa timidité reflue, ses épaules s'ouvrent, il avance comme si l'histoire lui offrait enfin un sol assuré,

Chaque frère avait trouvé l'emplacement qui lui semblait le meilleur, l'un et l'autre situés sur des monts sauvages. Romulus voulait le Palatin et Remus, l'Aventin. Comme leur dispute ne trouvait pas d'issue, ils décidèrent de s'en remettre au présage des vautours. Le présage donna raison à Romulus, mais Remus s'entêta, s'opposa, si bien que Romulus finit par le tuer. Alors, il attela deux bœufs à une charrue, les conduisit au pied du Palatin et leur fit parcourir un cercle parfait. Il avait décidé que ce sillon marquerait l'enceinte de sa ville et que tout homme ou femme qui le franchirait sans armes y serait accueilli, à condition toutefois de déposer, en entrant, une poignée de sa terre d'origine dans le sillon

Pierre se tait et regarde Sophie avec des yeux d'espoir,

Vous ne trouvez pas ça magnifique ?

Je ne sais pas, il y a un mort, un meurtre, comme s'il fallait tuer pour que naisse une ville

C'est vrai

Il est ennuyé. Un instant, Sophie s'en veut. Elle craint de ne plus revoir ses paupières autrement que baissées. Mais Pierre reprend,

C'est vrai mais ce n'est pas le point, en tout cas ce n'est pas mon point. Ce que je veux dire c'est qu'après notre promenade au Luxembourg, l'histoire de Romulus m'est revenue. Je l'ai vue nettoyée de ses détails et, tout à coup, elle s'est mise à signifier une chose évidente. En traçant un cercle, un homme fonde une ville. Ceux qui y viennent déposent leurs armes et leur passé à ses portes, ils y sont accueillis et ne conservent rien du monde ancien, ni rancunes, ni loyautés. Les noms, les lieux, les présages, le meurtre n'ont aucune importance, seuls comptent deux gestes : tracer et déposer. Ce sont les gestes qu'il faut faire si on veut réparer

Réparer quoi ?

Le passé ! Votre passé. Une ville aussi première que celle de Romulus saurait réparer ce qui vous a déplacée. Une ville qui ne soit pas une copie de la Rome antique mais qui l'adapte au monde d'aujourd'hui, une ville de la sagesse contre les barbaries de la guerre, une ville du futur contre les atrocités du passé, une ville antidote. À force d'y penser, j'ai compris que je devais vous en parler, non pas pour vous faire une promesse, mais pour vous exposer un projet, quelque chose venu de vous, passant par moi et que je mènerai à bien, une ville qui ne sera pas un refuge, je sais que vous n'en voudriez pas, mais une affirmation

Sophie se demande ce que signifie cette ville soudain surgie de leur rencontre. Est-ce une fable, un hommage, un fantasme destiné à n'être jamais accompli, un projet dont elle ne serait que le prétexte utile ? Elle retient ses questions. Seule compte une certitude : le temps sera heureux aux côtés d'un homme qui, au deuxième rendez-vous, ou peut-être au troisième, veut construire une ville.

Plus besoin de grises dissimulations, l'événement est là, tout fanfare, tout trompettes : ils s'aiment.

Leur histoire prend tout le monde au dépourvu,

Sophie,

Pierre,

le mari de Sophie,

la mère de Pierre,

la famille de Sophie,

les amis de Pierre.

Au dépourvu parce que leur amour est soudain. Au dépourvu parce qu'il est d'un genre pour lequel les seuls discours disponibles sont d'effroi ou de moquerie. Le jour de leur mariage, en 1949, Sophie a quarante-quatre ans et Pierre, vingt-quatre.

Comment, en 1949, une femme trouve-t-elle la volonté de divorcer pour épouser un homme plus jeune de vingt ans ? Quelle énergie, quelle certitude la convainquent de ne pas étouffer cet amour dans l'interstice d'une passade ? Sophie aurait dû être pour Pierre une amie dispensant souvenirs et enseignements, une conseillère avisée mais lointaine, une professeure avec qui discuter de lectures – mais pas quelqu'un qu'on aime, quelqu'un qu'on touche. Elle aurait dû se tenir à l'arrière-plan de sa vie tandis que lui, lors d'un bal ou d'un mariage, aurait invité à danser une jeunesse aux bras nus, aurait pensé à elle la nuit et les jours suivants, aurait rendu visite à ses parents, aurait écrit, attendu une réponse, écrit à nouveau, aurait retardé le moment, puis se serait encouragé devant la glace, se serait interdit de penser, aurait pris une grande inspiration et aurait fait sa demande d'un trait, se retrouvant fiancé émerveillé bientôt marié avec une femme de trois ou six ans sa cadette qui l'aurait suivi dans la vie comme à la danse et dont il aurait aimé la naïveté, la discrétion, l'innocence, toutes qualités que des siècles d'histoires lui avaient annoncé qu'il aimerait chez une femme, une jeune femme, une femme jeune.

Quelle certitude faut-il à cet homme pour qu'à rebours de ces préparatifs sentimentaux, il aime et épouse Sophie, son aînée, divorcée, étrangère, docteure en Études slaves, directrice d'un service de la Bibliothèque nationale de France, une femme dont la vie n'a rien d'une page blanche attendant un récit qu'il aurait charge d'ouvrir, une femme riche d'une chose redoutable : un passé.

Or c'est précisément de ce passé qu'a surgi l'image autour de laquelle se noue leur amour : l'image d'une ville.

À quoi ressemblerait-elle ?

Tout juste mariés, ils ont des conversations infinies.

À quoi ressemblera-t-elle ?

Pierre reprend les conditionnels de Sophie et les change en futurs – c'est un superstitieux de la conjugaison.

Sophie dit,

Une ville construite autour d'un théâtre, où l'on organiserait des causeries littéraires, des expositions, où l'on ferait venir des chanteurs, une ville sans murs, avec des arbres et de la place pour le ciel

Pierre dit,

Une ville des sciences, qui croira en l'amélioration de l'Humanité par le progrès et y contribuera, qui prendra le temps de penser sans être obsédée par l'idée de produire, où la discussion l'emportera sur la frénésie des décisions, une ville qui inventera une modernité non industrielle, une anti Fos-sur-Mer, un anti bec d'Ambès, sans rien de commun non plus avec les lotissements préfabriqués qu'on construit en Angleterre et jusqu'en France, comme à Mourenx par exemple, cette ville bâtie de toutes pièces pour loger les ouvriers venus du Béarn après la découverte d'un gisement de gaz dans la plaine de Pau

Pierre a été envoyé en mission à Mourenx comme ingénieur du corps des Mines et ce qu'il a vu n'est pas une ville, mais une grille plaquée sur un marais, écrasante, écraseuse, une addition de barres posées à l'horizontale et de barres dressées à la verticale. Lui veut rêver une nouvelle ville pour y inventer une nouvelle vie. Il est convaincu que l'une peut susciter l'autre et qu'il fera bien davantage que de placer un point sur les cartes.

Mais Pierre, pourquoi une ville ?

La question de Sophie lui ôte les mots de la bouche et les fiche au mur. Ce qui reste de sa tirade pend lamentablement contre la cloison. Il balbutie,

Je t'ai dit, je t'ai raconté, tu sais

Mais ceux que tu vas devoir convaincre ne savent pas, ils vont te demander : pourquoi une ville, pourquoi pas un quartier, comme celui qu'on construit à la Défense, pourquoi pas un campus, comme l'Institut de physique nucléaire d'Orsay, pourquoi une ville ?

Parce que c'est la seule façon de commencer

C'est une conviction, pas une raison

Quand Sophie et Pierre imaginent la ville à venir, la docteure en littérature parle d'art et l'ingénieur de sciences. Quand ils réfléchissent aux façons de la faire advenir, Pierre parle de désir et Sophie de méthode.

Un jour, l'air triomphant, il entre dans la pièce en tenant la biographie d'Alexandre Blok que Sophie vient de publier. Il y pointe une phrase,

Lis !

« Les circonstances données sont pauvres et peu décisives pour toute personnalité forte »

Tu vois ! Toi-même tu le dis !

Pierre, je parle d'un poète

Est-ce parce que Sophie l'a convaincu ? Ou parce que, nommé directeur du Bureau de recherches géologiques et minières, il découvre en gros plan l'administration française et doit admettre que dans la France du ministère de la Reconstruction et de l'Urbanisme, les désirs produisent plus d'effroi que d'adhésion ? Un soir, Pierre s'assied sur le tabouret de piano installé à côté du bureau de Sophie et chantonne,

J'ai trouvé mes circonstances

Elle lui fait signe de se taire, termine la relecture d'un paragraphe, corrige une ponctuation fautive, puis se tourne vers lui. Coude posé sur la table, il attend patiemment qu'elle lui rende la parole. Tant de choses ont changé en lui. Il ne baisse plus les yeux, il parle droit, parle fort. Sa voix a cessé de s'étrangler dans ses émotions, elle ne se troue plus de ces hésitations pareilles à des lacs obscurs où il tombait parfois. Sophie admire ces changements et s'en inquiète parfois. Se pourrait-il qu'il vieillisse plus vite à son contact ? Mais Pierre n'a pas vieilli, il a fait ce que font si bien les hommes, il s'est installé, il dirige et ne doute plus de sa capacité à le faire. Sophie tend une main, lui caresse la tempe et lui dit,

Je t'écoute

Ma circonstance

Oui ?

Ce sera l'espace

Lequel ?

Celui-là, celui de la pièce, celui où on se tient, l'espace en général, ou plutôt, son absence. Depuis que je dirige le Bureau des mines, je n'entends parler que de ça.

Faut-il acquérir une machine de précision ? On n'a pas la place de l'installer. Faut-il recruter ? On n'a pas de bureau pour le nouveau venu. L'espace s'éparpille en questions dont la réponse est invariablement non, il n'y a pas de place, les bâtiments sont exigus, la ville se marche dessus et ce qui vaut pour nous vaut pour tous, les centres de recherche étouffent, les universités se contorsionnent, les entreprises craquent, Paris est trop petite et la quitter est impossible puisque c'est là que se fait la science. L'équation est insoluble alors que faut-il faire ? Changer les données du problème : bâtir, aux abords de Paris, une ville où la science puisse se faire, une ville de la sagesse, une ville du savoir, la ville que nous avons rêvée, la même, mais cette fois, suscitée par le réel. Et tu sais quel sera son nom ?

Dis-moi

Sophia ! Sophia-quelque-chose, Sophia-en-Gâtinais par exemple, tout dépendra de l'endroit où on l'installera, mais Sophia forcément

Promets-moi que tu ne diras pas que c'est le prénom de naissance de ta femme

Non, je m'envelopperai dans le manteau des circonstances et je dirai Sophia, comme la Sagesse en grec

Nous voilà revenus au moment où ça commence – en apparence –, à ce 20 août 1960, où un homme signe une tribune dans la rubrique « Libres Opinions » du *Monde*. Il s'appelle Pierre, Pierre Laffitte, il a trente-cinq ans, ne parle pas de sa femme, ne dit rien de son amour, n'a pas un mot pour Romulus, mais expose avec méthode les raisons pour lesquelles le gouvernement français doit construire, dans les plus brefs délais, une ville d'un genre nouveau, dédiée à la Sagesse, à proximité de Paris. Sa tribune s'intitule « Le Quartier latin des champs ». Elle s'étire sur deux colonnes de caractères minuscules. L'intervalle entre chaque paragraphe est frappé de trois étoiles d'imprimerie. Il y a trop d'encre sur la colonne de gauche – ça bave aux empattements –, et pas assez sur celle de droite – il manque des courbes à certaines lettres, des branches à d'autres.

« Pointons sur une carte de France la position des grands centres de recherches scientifiques et techniques », commence Pierre avant de dérouler sa démonstration sur le rythme soutenu d'un homme convaincu d'exposer des évidences.

Il est urgent de,
l'avenir d'une nation passe par,
Étampes, Orléans, Montargis, Sophia, Uranie, Tekhnè,
une antenne agreste de la capitale,
un haut lieu de l'esprit moderne,
les conditions favorables enfin réunies,
des pionniers qui osent,
des dirigeants qui affirment,
les plus hautes instances qui s'engagent.

Pierre parle vite et vise haut.

Quand la tribune paraît, il se tient prêt à affronter les réactions. Certains applaudiront, d'autres fustigeront l'impossible, diront, Encore des utopies, diront, La

France meurt de ses utopies. Il répondra en utilisant la force de l'adversaire, façon judoka. Il est convaincu qu'à condition de bien rediriger les coups, son projet peut l'emporter.

Mais rien ne vient.

La tribune passe sans provoquer de réaction.

C'est qu'il y a plus urgent en ce mois d'août 1960. L'empire colonial se délite, les indépendances se succèdent, 1er août, indépendance du Dahomey, 3 août, indépendance du Niger, 5 août, Haute-Volta, 7 août, Côte d'Ivoire, 11 août, Tchad, 13, République centrafricaine, 15, Congo, 17, Gabon, sans parler de l'Algérie où la guerre est sans fin – guerre n'est pas le mot officiel mais celui auquel on pense quand on parle des conscrits dont le service n'en finit pas d'être allongé et qui reviennent avec des larmes figées dans les yeux et des cauchemars hurlants, quand on prend l'exemple des supplétifs pour démontrer que les hommes qui aiment l'Algérie font aussi le choix de la France, quand on répète avec un effroi séduit le nom d'opérations aux éclats meurtriers – Rubis, Saphir, Turquoise, Émeraude, Topaze –, quand on s'informe des progrès de la ligne Challe qui vient renforcer la ligne Morice le long de la frontière entre l'Algérie et le Maroc, quand on dit ligne et qu'on enchaîne à mots murmurés – électrifiée, minée, barbelée –, puis qu'on essaye d'imaginer ce que produit une chose pareille dans le paysage et qu'on précise – 5 000 volts, 12 millions de mines, 1 000 kilomètres – bref, la France est en guerre et risque de perdre un territoire grand comme quatre hexagones alors pourquoi, en ce mois d'août 1960, se soucierait-on de créer une ville ? N'y a-t-il pas plus urgent ? L'idée n'est-elle pas futile ? Au contraire, pense Pierre, l'idée est liée. Une forme de puissance s'effondre, le moment est venu d'en inventer une autre. C'est pour ça qu'il martèle – l'avenir d'une nation, la grandeur de la France, sa place dans le monde –, pour ça qu'il parle de pionniers quand il désigne les hommes qui oseront créer une telle ville, des pionniers dont la conquête ne sera pas géographique mais temporelle et qui compenseront en avenir ce que la France aura perdu en terres.

Mais peu importent les mots choisis par Pierre et les liens qu'il perçoit entre les événements : les attentions sont occupées ailleurs et s'il y a bien une chose que le judoka ne peut pas renvoyer à son adversaire, c'est son indifférence.

Les années passent. Chaque jeudi à dix-huit heures, Pierre s'assied dans un grand amphithéâtre pour écouter Sophie. Elle est maintenant professeure à la Sorbonne et lui directeur de l'École des mines. Leurs bureaux sont voisins. Jamais Pierre ne manque le cours d'introduction à la littérature slave des XIXe et XXe siècles dispensé par Mme Laffitte. Elle s'étonne de son assiduité,

Tu sais déjà tout

Justement. Comme je connais les faits, je peux me concentrer sur la façon que tu as de les raconter. Dans cet amphithéâtre, tu parais minuscule et pourtant, tu retiens toutes les attentions. Alors je guette tes ruses, je les apprends, je te pille et dès que je rencontre un élu, un dirigeant ou un chercheur pour leur parler de Sophia, je me calque sur tes intonations, je prends tes formules, je leur annonce que je vais leur parler d'un projet qui me tient particulièrement à cœur exactement comme tu dis à tes étudiants que tu vas leur parler d'un livre qui te tient particulièrement à cœur et, comme tes étudiants, mes dirigeants, mes chercheurs et mes élus m'écoutent, je les embarque sur la voie de la complainte – Paris est trop petite –, j'enchaîne sur celle du patriotisme bâtisseur – cette ville de la Sagesse, n'est-ce pas ce qui manque à la France pour asseoir sa recherche dans la compétition internationale, exister face aux Américains, face aux Russes, et tenir enfin son rôle de pays des Lumières en se donnant les moyens de relever les défis technologiques de demain ? –, puis je compose des tableaux frappants, je parle d'une Florence du xxe siècle, d'une Athènes future et, sous ma voix, j'entends la tienne

Les années passent. Pierre n'abandonne pas, il est possible qu'il ne doute pas – après tout, il a pour lui l'idée, le désir et même les circonstances –, il s'étonne tout au plus du temps que prend la réalité pour venir jusqu'à lui. De bureau en bureau, il suit les intonations de Sophie, imite ses gestes, sa façon de suspendre la phrase pour y marquer ce que les musiciens nomment un soupir et entrouvrir ainsi la possibilité d'une fin qui affole l'auditoire – tout cesserait ici ? l'orateur aurait perdu ses mots ? –, pour mieux le rassurer en dévalant les arguments le long d'une aspiration vertigineuse qui entraîne la voix jusqu'à l'endroit où elle se pose, heureuse et sûre de sa victoire.

Enthousiasme des auditeurs. L'idée est fabuleuse, disent-ils, si fabuleuse qu'il est préférable qu'elle demeure telle qu'elle est : une idée. La réalité ne ferait que la désordonner.

Pierre ne marque aucune déception, il n'acte aucun refus mais change de sujet et, au moment de prendre congé, dépose une photocopie de sa tribune sur un coin de bureau. Uranie-sur-Essonne, Tekhnè-sur-Loire, Sophia-en-Gâtinais...

Pour que ça fasse son chemin, dit-il dans un sourire

Son sourire. Sur les photographies, il sourit en grand, d'un sourire qui n'est pas une pause ou une politesse mais qui allume dans son regard une joie inaltérable.

Les images changent avec les années, tout vieillit ou se transforme – les modes, les attitudes, les visages – mais son sourire, rayonnant et fixe, traverse le temps et l'espace sans subir d'autre modification que celle du passage du noir et blanc à la couleur. En quittant le gris réglementaire, sa bouche se révèle non pas rose, ni même rouge, mais cramoisie, une bouche de fille pulpeuse dont il aurait pu avoir honte, qu'il aurait pu restreindre pour la rendre plus discrète, plus politique, mais non, il fait l'inverse, il porte son sourire comme un drapeau qui claque au vent.

Le front posé contre la vitre, Sophie regarde passer les étudiants.

Ils remontent le boulevard, bras noués, poings tendus, et la fenêtre vibre de leurs chants. Sophie pense à Pierre. Son parcours l'a placé de l'autre côté des barricades de mai, avec les responsables, ceux qui tiennent la clef des institutions et de l'ordre que les étudiants veulent renverser. Pourtant, dans leurs cris, Sophie croit entendre la voix du jeune homme qui marchait à ses côtés au Luxembourg. Dans leurs slogans, elle entend l'écho hurlé de certaines phrases de Pierre quand il parle de sa ville. Elle reconnaît une même façon d'espérer, une même croyance forcenée que le monde peut et doit être changé.

Pierre parle de sa ville depuis huit ans. Les étudiants défilent depuis deux semaines. Leurs banderoles disent « Maintenant », « Aujourd'hui », « Tout de suite ». Changeront-ils le monde avant que Pierre entrevoie la possibilité d'y construire une ville ? Sophie quitte la fenêtre, retourne s'asseoir à sa table. Aurait-elle commis une erreur en lui répétant de rendre ses désirs raisonnables ? Aurait-il dû préférer les slogans aux démonstrations appliquées, jouer le coup de force, exiger la vitesse – une ville maintenant, aujourd'hui, tout de suite ? Elle lui a répété qu'accepter la lenteur serait son réalisme et le plus sûr moyen qu'un jour, il y ait quelque chose plutôt que rien. Pourtant, voilà huit ans que la tribune est parue, et dix de plus qu'ils se sont rencontrés – la lenteur était-elle un piège ?

Les inquiétudes de Sophie n'ont pas trouvé à se dissiper et les étudiants n'ont encore rien changé au monde que le téléphone sonne dans l'appartement du boulevard Saint-Michel. Le préfet des Alpes-Maritimes voudrait parler à Pierre. Il souhaite moderniser et diversifier l'économie de son territoire. Il explique,

Pour l'instant, ce qu'on sait faire, c'est le tourisme, le bâtiment et l'horticulture, c'est bien joli, mais c'est pas comme ça qu'on fait la croissance. Le futur en revanche, c'est porteur

Le préfet parle vite et ses silences sont brefs. Pierre manque à chaque fois l'instant de s'y glisser. Le préfet poursuit,

Je suis prêt à soutenir votre projet de ville de l'avenir

Pierre frémit.

À une condition

Pierre se tait.

Que Tekhnè-sur-Loire devienne Tekhnè-sur-Méditerranée

Pierre dit « je », mais déjà, le préfet,

Vous prenez le temps de réfléchir et vous me rappelez ?

Pierre dit « je » à nouveau et le préfet,

Formidable, réfléchissez, mais réfléchissez vite. D'ailleurs, vous me permettez d'être franc ? Pourquoi vous voulez la coller à Paris, votre ville des sciences ? Ils ont déjà tout et vous allez en rajouter ? Vous croyez vraiment qu'une ville puisse exister dans l'ombre d'une autre ? Quand ça arrive, on appelle ça une banlieue

Le préfet raccroche. Pierre repose le combiné et le combiné sonne à nouveau. Voix du préfet,

Prenez une carte, cherchez le plateau de Valbonne, vous verrez

Et tu n'as rien pu répondre ? demande Sophie
Je n'ai pas su
Pas su quoi dire ?
Non, c'est plutôt que je n'ai pas su comment le dire. Ça fait des années que je cherche à convaincre des gens d'une idée dont il ne veulent pas et, ce matin, le téléphone sonne et un homme me dit, votre projet m'intéresse. J'avais les mots pour convaincre, mais pas pour accueillir. Il faut que je parte en quête, que je les trouve et que je les rassemble, les mots qui disent oui, merci, formidable

Pierre a quitté le Sud à dix-neuf ans parce qu'il était impossible de faire autrement. Monter à Paris n'était pas de la géographie, c'était le destin des brillants. Il a rejoint le lieu de la réussite pour ne pas en redescendre – hormis pour des vacances où, retrouvant sa mère et sa maison d'enfance, il racontait ses réussites au cours de repas ébahis. Il n'aurait jamais cru que le plus ambitieux de ses projets le ferait retourner sur ses pas.

Ils se penchent sur la carte de France, la main de Sophie sur l'épaule de Pierre, l'index de Pierre posé entre Seine et Loire à hauteur de Montargis, là où se serait tenue une Sophia-en-Gâtinais. À partir de ce point,

Pierre s'abandonne à une étrange gravité latérale qui l'emporte aux sources de la Loire, le fait bifurquer pour attraper le Rhône au niveau de Montélimar, plonger continûment jusqu'aux abords d'Arles, d'où il met cap à l'est en une ligne rigoureusement droite, passe au ras de Salon-de-Provence, croise Jouques, Aups, Montferrat, continue pendant que, au-dessous, la côte remonte, menace de tout faire tomber à l'eau jusqu'à ce qu'in extremis, en atteignant un triangle vide entre le littoral d'Antibes et les derniers contreforts des Alpes, sa trajectoire se fige avec la soudaineté d'un aimant ayant trouvé son pôle. C'est dans cet espace non légendé que le préfet lui propose d'installer sa ville.

Pierre replie la carte de France, Sophie lui tend celle du département.

Le terrain se précise.

À cheval sur les courbes de niveau, de petites majuscules indiquent, PLATEAU DE VALBONNE. Le nom donne des visions de platitudes raclées par le vent, la carte dit l'inverse : l'endroit est froissé de collines, creusé de vallées, parcouru de rivières minuscules qui se jettent les unes dans les autres. Pierre observe les indications de relief et déduit : c'est une surface d'érosion calcaire que le réseau hydrographique a creusée de talwegs, les cours d'eau se frayant un chemin là où la roche leur opposait le moins de résistance. Il n'a jamais mis les pieds sur ce plateau, mais a grandi dans un arrière-pays voisin et cela lui suffit à extraire de la carte les sensations du territoire. Il décrit pour Sophie les vallées aux odeurs froides, terreuses où se précipitent les ormes, les frênes et les peupliers, il lui raconte les versants où grimpent les chênes et les oliviers aux troncs gris avant, mètre après mètre, de céder la place aux pins, la végétation qui se réduit à quelques buissons secs, bruyère ou myrte, le tapis d'épines qui recouvre la terre, l'air qui se fait âcre quand on parvient aux sommets. La vue s'ouvre, les Alpes apparaissent – noires en été, blanches en hiver –, la mer s'étire, métal brûlant sous le ciel. Il n'y a qu'ici que Pierre se trompe. Depuis le plateau de Valbonne, la Méditerranée existe à peine. On l'aperçoit de la colline la plus littorale, mais passé ce relief, le plateau oublie les eaux, fait sécession, n'est plus que terre, rocaille et ciel.

Pierre imaginait sa ville glissée dans une vallée souple et verte, un paysage humide de saules pleurant dans une rivière, des vols d'étourneaux gonflant les ciels roses du couchant tandis que Paris trépide non loin. Il a passé un pacte avec ces pays de formes calmes et de lumières paisibles.

Sophie lui dit,

Tu ne dois rien au paysage dont tu rêvais, tu peux l'abandonner, en changer et crois-moi, les lieux ne sont rien d'autre que ce qu'on en fait

Pierre a consulté la carte avec tant d'attention que, tout en suivant des yeux l'ombre que l'hélicoptère projette sur les reliefs du plateau en ce jour clair d'avril 1969, il croit discerner de petites majuscules flottant sur les collines. L'ombre de l'appareil tranche sur la pierre, frémit sur les forêts et confirme : c'est ici.

Le survol est une proposition du préfet, à la fois une faveur et un argument. Le vacarme des pales déchire les discussions, seuls des mots simples, articulés de toute la bouche, peuvent être échangés,

Im-pres-sion-nant

N'est-ce-pas ?

Le préfet désigne Antibes et son cap, nomme quelques sommets. Pourtant, rien de ce qui se trouve sous leurs pieds n'a de nom. Le plateau est désert et Pierre s'enthousiasme, voilà son Palatin, sa colline enforestée d'où faire émerger une ville éternelle. Une pleine nature retirée de l'agitation de la côte et néanmoins toute proche de l'aéroport de Nice d'où ils ont décollé.

Aéroport international, a souligné le préfet.

Deuxième aéroport du pays, a-t-il insisté.

Chef-d'œuvre d'ingénierie, a-t-il conclu, puisque les pistes ont été gagnées sur la mer, si bien que les passagers qui osent garder les yeux au hublot pendant l'atterrissage ont la sensation vertigineuse que l'avion se pose sur les eaux.

L'atterrissage vertical de l'hélicoptère n'offre pas un spectacle aussi grandiose, mais en penchant la tête, Pierre voit la mer s'ouvrir sous le souffle de l'appareil qui descend, instable comme un bouchon suspendu à une corde. L'eau disparaît, la piste se précise et, dès que le préfet en donne le signal, les deux hommes sautent à terre, courbés, ébouriffés, fuyant le vent, serrant d'une main les pans de leur veste, plaçant l'autre en visière, aveuglés par le souffle.

À mesure que les pales s'épuisent, ils ralentissent leur course. Le vent retombe, le bruit aussi, le calme revient, ils pourraient parler – leur silence se prolonge. C'est le silence double d'un homme qui retient ses mots et d'un autre qui les attend, un silence de secondes dilatées pour retarder l'instant où, paroles données, paroles reçues, une chose sera initiée et interdira tout retour en arrière. L'homme qui retient ses mots et l'homme qui les attend ont une conscience très nette de leur pouvoir – décider, maîtriser, créer. Ils le redoutent, ils en jouissent et, c'est le plus étonnant, ils y croient, convaincus que leurs phrases engageront le réel et qu'aussitôt dites, les choses seront faites.

Seuls sous le soleil droit de midi, silhouettes sans ombres entre les hangars bleus et les hangars rouges de l'héliport, Pierre Laffitte et René-Georges Thomas s'accordent. Le territoire est fait pour l'idée, avance Pierre, l'idée est faite pour le territoire, répond René-Georges. Ils se congratulent et montent dans la voiture qui les emmène déjeuner. Un nouveau silence s'installe. Le préfet regarde par sa fenêtre, Pierre par la sienne. Le littoral se déroule, les abords de Nice, embranchements, bifurcations, destinations, il sent qu'elle est là, derrière les immeubles de la vieille ville, derrière les embouteillages du bord de mer, derrière le chantier de Marina Baie des Anges, elle est là, visible de lui seulement, blanche, rose, secrète comme un futur endormi, elle est là, elle respire, elle l'attend. Sophia. Tout en est changé.

Par les baies vitrées du restaurant, on voit la plage de galets et la mer lumineuse, presque fluorescente. L'après-midi a vidé les lieux, les tables ont été desservies et dressées à nouveau en prévision du soir. Les nappes sont immaculées, les serviettes épanouies en éventail au creux des verres à pied. Leur table délimite une ultime zone de désordre dans la pièce éclaircie, mais rien ne saurait leur faire accélérer le rythme.

Pierre noie deux sucres dans son café, pose les coudes sur la table et, s'avançant comme s'il était sur le point de faire une confidence, interroge le préfet,

Quelle est l'histoire ?

L'histoire ?

Du plateau de Valbonne

Du plateau de Valbonne ? C'est simple, il n'y en a pas. Ou en tout cas, il n'y en a plus. On peut honnêtement dire que rien de notable ne s'y est produit depuis l'Antiquité, quand la province était grecque, puis romaine, que le plateau était sillonné de routes et d'aqueducs qui reliaient Antibes à son arrière-pays, que toutes les circulations passaient par lui et que le littoral entier en dépendait. Avec les invasions barbares, tout a été saccagé, puis oublié. Les aqueducs se sont effondrés, les pierres des routes se sont descellées et depuis ce temps, il ne s'est pour ainsi dire plus rien passé

Et ensuite ?

Ensuite c'est un grand mot, ensuite le Moyen Âge, la peste, la Renaissance, les Royaumes, plus c'est allé, plus l'activité s'est concentrée sur la côte, les villes se sont multipliées, se sont enrichies, ont commercé, se sont étendues, ont débordé leurs enceintes, les flux se sont intensifiés, le littoral a fini par quitter ses états marécageux, même Saint-Laurent-du-Var en est sortie, c'est dire, et maintenant il y a cette ligne d'asphalte qui s'étire sans interruption de Cannes jusqu'à Nice, mais « ensuite » comme vous dites, sur le plateau, il ne s'est rien passé, quelques villes bien sûr, Valbonne évidemment, mais le cœur du plateau, personne n'en a voulu, il est resté sauvage, une zone en négatif sur la carte, et pourtant je suis convaincu que c'est le plus grand potentiel de développement de la Côte d'Azur. Personne ne le sait encore, nous allons le démontrer

Et les habitants ?

Rien, nul, zéro. À moins que

Pour la première fois depuis le début de leurs échanges, le préfet hésite, son assurance se trouble – la surface d'un lac soulevée d'une bourrasque imprévue.

Oui ? demande Pierre

Le lac retrouve son calme, le préfet lève sa tasse comme on porte un toast,

Au plateau de Valbonne !

Nuque jetée en arrière, il boit son café d'un trait, fait claquer sa langue une fois, deux fois et répète rêveusement,

Au plateau de Valbonne

Puis,

Vous savez comment s'appelait Antibes quand elle fut

fondée ? Antipolis. Et vous savez ce que ce nom signifie ? La ville d'en face. Seulement les historiens n'ont pas été capables de se mettre d'accord pour savoir ce que c'était que cet en-face, certains disent la Corse, mais la Corse est à l'est, elle fait face à Gênes bien plutôt qu'à Antibes, d'autres disent Nice et c'est tout aussi absurde puisqu'Antipolis a été fondée avant Nikaia et qu'il n'y avait donc rien sur cet en-face-là. Moi vous savez ce que je pense ? Notre Cité de la Sagesse sera la réponse à l'énigme, elle sera l'en-face enfin advenu d'Antibes, son vis-à-vis intérieur, son nouvel âge d'or, une ville du futur capable de donner la réplique à l'antique

Pierre lève sa tasse, trinque à son tour, et dit,

À Sophia-Antipolis

À Sophia-Antipolis

Le nom est trouvé.

Qu'est-ce que tu en penses ?

Il était plein d'une belle assurance tout à l'heure : le voilà incapable de remettre la main dessus.

Il a rejoint Sophie à Saint-Paul-de-Vence, dans la maison de sa mère qui est désormais la sienne et où ils ont posé bagages. Il se tient debout devant elle, assise. Il a son manteau sur les épaules, son cartable à la main et l'impression que chaque mur, chaque objet l'écoute et le juge. Comment parler de sa ville à quelques mètres de sa chambre d'enfant sans se sentir ridicule ? Surtout, il a l'impression d'avoir trahi non plus seulement le paysage initial, mais la femme. Le nom de la ville s'est décidé et elle n'était pas là. Il ne l'a pas attendue, ne l'a pas consultée. Il répète,

Qu'est-ce que tu en penses ?

Elle ne dit rien d'abord puis se penche vers la table basse, attrape un carnet à spirale, un stylo, écrit, tend le bras pour apprécier l'effet du mot sur la page, repose le carnet, lève les yeux vers Pierre, sourit,

C'est le plus beau nom de ville que j'aie jamais entendu

Il laisse tomber le cartable, laisse tomber le manteau, s'effondre près d'elle, l'enlace et sent, entre ses bras, le dos de Sophie prendre la forme de sa tendresse. Ils restent là, sans autre mouvement que leurs respirations, puis, venue des plis de la chemise de Pierre et comme de sa propre poitrine, la voix de Sophie ajoute,

Le plus beau nom avec Samarkand

Samarkand d'abord, Sophia-Antipolis ensuite ?

Ou ex aequo peut-être, il faut que je réfléchisse

Pierre, la serrant contre lui, la laissant réfléchir, s'endort, écrasé au milieu de l'après-midi par une fatigue qui dure depuis qu'il a dit à cette femme qu'un jour, il bâtirait une ville.

« Sophia-Antipolis, la ville aux 20 000 chercheurs, pourrait voir le jour d'ici 1980 sur le plateau de Valbonne » : en trois colonnes, *Nice-Matin* raconte que Pierre Laffitte, directeur de l'École des mines et enfant du pays, a soumis un projet de Cité internationale de la Sagesse,

des Sciences et des Techniques au préfet Thomas, qu'ensemble ils ont identifié un vaste terrain inoccupé au nord d'Antibes, que bientôt commenceront les travaux de cette Cité qui sera source de progrès, d'emplois et qui transformera l'image de la côte en démontrant que d'un éden touristique, on peut faire un eldorado scientifique mais aussi technologique, technique, économique, poursuit le journaliste, ivre de -iques.
Nice-Matin te venge du *Monde*, dit Sophie en tendant le journal à Pierre

Elle a son visage fixe des moments graves, rendu intense par absence d'expression. Elle pense sincèrement qu'une injustice est réparée. Puis, changeant de ton, les yeux ailleurs, elle reprend,
Tu vas passer du temps dans cette maison maintenant que Sophia-Antipolis est lancée. J'aimerais y venir avec toi. Je vais donner de moins en moins de cours à l'université, diriger moins de thèses, je vais avoir du temps et je me sens bien ici, je ne saurais dire pourquoi, mais c'est la première fois depuis longtemps, peut-être que c'est la première fois tout court. Je vais commencer à descendre quelques livres, m'installer un peu, écrire et peut-être que je finirai par m'installer entièrement ici

Pierre n'imaginait pas construire une ville à quelques kilomètres de sa maison d'enfance. Il s'attendait moins encore à ce que la première fois que Sophie lui dise d'un endroit qu'elle l'aime et s'y sent bien, il s'agisse de cette maison, cette maison héritée dont la seule particularité est d'avoir toujours été là. Il croyait que le lieu que Sophie aimerait ne pouvait exister nulle part et qu'il lui revenait de le construire.

Elle ajoute,

Bien sûr, il faut que je trouve dans quelle pièce installer mon bureau. C'est une affaire tellement complexe que tu auras peut-être terminé Sophia-Antipolis avant que je prenne ma décision

Le conseil général des Alpes-Maritimes accorde à Pierre un terrain d'une quarantaine d'hectares que le cadastre rattache à la commune de Valbonne, mais que le hasard seul semble avoir désigné parmi tant d'autres possibles – une main plaquée sur des yeux, un doigt tournant dans les airs (celui du préfet ? du président du conseil ? du maire de Valbonne ou du plus jeune de ses enfants ?) à la une, à la deux, à la trois, le doigt pique sur le plan, se plante au milieu du vide, ce sera là, dans cette continuité de pinède, que Pierre aura pour mission de produire un modèle réduit de Sophia-Antipolis, une préfiguration qui soit aussi une pièce à conviction. Tel est le marché – marché de mots, établi sans contrat ni signature : le préfet autorise, Pierre construit et convainc. Alors, on pourra voir plus grand, solliciter les élus, impliquer l'État. Mais pour l'instant, à ce stade du projet, aucune disposition ne permet à Pierre de bénéficier d'argent public. À lui de financer cette ville d'avant la ville.

Il n'y en a pas beaucoup qui accepteraient de vous accorder un prêt pour acheter une ville, dit le banquier de l'agence familiale de Saint-Paul-de-Vence en tendant à Pierre les clauses de l'emprunt qu'il s'apprête à contracter. Des maisons, des villas, d'accord, mais une ville...

Je vais construire une ville, pas en acheter une

La rectification laisse le banquier de marbre. Acheter ou construire, c'est comme les goûts et les couleurs, ça ne se discute pas. Il a des clients qui achètent – charme de l'ancien –, d'autres qui construisent – confort moderne – et tout ça lui importe peu, du moment qu'ils acquièrent. Seulement une ville, tout de même, il trouve que pour un seul homme, c'est un peu présomptueux.

Pierre place l'argent sur le compte de l'Association Sophia-Antipolis qu'il fonde, préside et qui sera en charge de toutes les opérations. Le bureau réunit les premiers soutiens du projet. Tous sont des amis de Pierre. Il y avait l'amour au début, il y a maintenant l'amitié et quasiment pas de bureaucratie, ni de politique – mais ça ne saurait tarder.

Pierre va et vient entre Paris et le plateau de Valbonne. Une heure et demie d'avion – tout juste embarqué, aussitôt arrivé. Il ne regarde plus le spectacle de l'atterrissage, la mer qui se rapproche, envahit le hublot, puis la terre, brusque, salvatrice. Au lieu de ça, il rassemble ses affaires et se prépare à cavaler depuis l'allée centrale de l'avion jusqu'au parking de l'aéroport où patiente sa voiture. De là, il tourbillonne vers Saint-Paul-de-Vence – cyprès effilés, remparts dressés au plus haut de la colline, un village couvre-chef, gainé de calcaire, cerné d'une enceinte, militaire, défensive, un village retranché, exactement ce que Pierre veut défaire à Sophia-Antipolis, puisque de la Rome antique, il veut retenir l'ouverture. À peine a-t-il déposé ses affaires qu'il remonte en voiture et s'en va retrouver ses amis de l'Association sur le plateau. Ils se donnent rendez-vous en bord de route. Chaussures haut lacées, équipés de cartes, boussoles, carnets et stylos, ils s'en vont prospecter.

La première fois, ils se perdent et rebroussent chemin sans avoir atteint la parcelle marquée en rouge sur leurs cartes.

Un autre jour, ils croient toucher au but, mais leur progression est arrêtée par un cours d'eau. Demi-tour à nouveau.

Quand, enfin, ils découvrent un itinéraire, ils passent leur journée à couper les ronces pour rendre le chemin praticable, puis gravent S-A au couteau suisse sur les troncs, d'un geste amoureux et propriétaire.

Une fois établi le chemin, la prospection véritable commence.

Jamais Pierre n'a exploré un territoire avec autant d'intensité. Doigt pointé vers le sol, doigt pointé vers un arbre, doigt pointé vers les Alpes, il réinvente les règles du pistage. Plutôt que de deviner ce qui est passé – un renard à ses laissées, un sanglier à ses boutis –, il dit ce qu'il y aura – des universités, des entreprises, des centres de recherche. Il ne voit du plateau que ce qu'il en fera.

À l'heure du déjeuner, les pionniers étendent un drap sur les aiguilles de pins. Chips, jambon, poulet froid, mayonnaise, tomates, bocal de cornichons, fromage à tartiner, pain de mie et œufs durs roulant dans l'assiette qui passe de main en main – la compagnie poursuit ses réflexions en mastiquant. Pierre voudrait doter Sophia-Antipolis d'un musée et d'un théâtre – en plein air ? lui a demandé Sophie avec des yeux en étoiles, en plein air a-t-il aussitôt accordé, jugeant l'idée athénienne. Autour de lui, des voix s'élèvent pour réclamer des équipements sportifs – un golf c'est nécessaire, une piscine olympique ça serait beau.

Pierre note les propositions dans le carnet où Sophie a inscrit le nom de Sophia-Antipolis pour en estimer la beauté – son essai est devenu page de garde. Certaines nuits, Pierre s'éveille et cherche le carnet à tâtons pour y noter une idée qu'il retrouve au matin, embobinée dans une écriture somnambule. Il demande à Sophie, Tu me lis ?

Elle chausse ses lunettes, plisse les yeux, oublie de respirer pendant que ses lèvres agencent les syllabes en silence et tout à coup, émergeant de son apnée, elle change le nœud en mot.

Pierre est déçu.

L'intuition formidable à trois heures du matin perd en envergure à huit.

La même chose se produit pendant les déjeuners de l'expédition. L'inventivité s'alourdit avec la digestion, les pionniers se font convenus ou imbéciles. Dans ce moment pâteux, il y en a toujours un pour proposer un centre commercial et se faire rabrouer. Ils se taisent. Au bout d'un moment, quelqu'un lève l'index et souffle, Écoutez !

Quoi ?

Le silence
Le silence du plateau, piqué de trilles d'oiseaux au printemps, vibrant de cigales en été, gonflé de vent à l'automne, le silence qui s'anime parfois jusqu'à la cacophonie mais où jamais ne survient ce qui, pour eux, serait un bruit – un moteur, une musique, une dispute, toute manifestation humaine qui les obligerait à conclure, Nous ne sommes pas seuls.
Assis en cercle, ils écoutent l'absence des autres.
Une voix dit,
C'est le paradis
C'est le paradis et Sophia-Antipolis en sera la perte. Le bruit sortira de terre et ne s'éteindra plus, il y aura le vacarme des travaux d'abord, le bruit de l'activité ensuite.
Ils sont pris d'une nostalgie anticipée. Et s'il fallait tout arrêter, les expéditions, les rêves, les phrases au futur ? Arracher le carnet des mains de Pierre, courir à Nice, forcer la porte du préfet, hurler que c'est une erreur.
Pierre a beau donner le signe du départ et impulser à la marche un rythme enthousiaste, il sent le groupe s'aligner sur un contretemps récalcitrant. En désespoir de cause, il s'arrête et se tourne vers eux. Oui, une fois Sophia-Antipolis construite, le plateau ne sera plus sauvage, mais il sera préservé, car supposons qu'ils renoncent et laissent les lieux à leur silence, combien de temps faudra-t-il pour que les constructions anarchiques de la côte remontent jusqu'aux collines ? Dix ans, cinq ans, trois ans, peut-être moins et les forêts seront coulées dans le béton, les collines appropriées

sans autre souci que la rentabilité qui veut que chaque hectare loge, produise, stocke, vende, que chaque terrain s'augmente de niveaux, du troisième sous-sol au sixième étage. Dix ans, cinq ans, trois ans et le seul horizon sera celui des toits, des câbles et des antennes télé. Personne ne dressera l'index en disant, Écoutez le silence, car il y aura toujours quelqu'un pour faire savoir aux autres qu'il existe. Pierre esquisse le vacarme et les expéditionnaires croient déjà l'entendre, ils voient les maisons, les piscines, le bordel de la côte qu'ils ne connaissent que trop. Ils se remettent en marche, leurs pas dans ceux de Pierre, arpentant la forêt avec la conviction qu'en y construisant une ville, ils vont la protéger.

Pierre ne ment pas. Il est convaincu que sa ville se glissera dans le paysage sans le révolutionner et qu'en faisant advenir le futur, Sophia-Antipolis préservera le déjà-là.

Tout sauf Mourenx, il l'a juré.

En découvrant le relief compliqué du plateau, les plis, les failles, les cours d'eau, il aurait pu renoncer. Mais il veut que Sophia-Antipolis consente aux réticences du territoire. Elle se fera à leur image : discontinue, dispersée en zones déterminées selon les possibilités du terrain, traversée de routes qui ne trancheront pas des perspectives rectilignes dans le paysage mais suivront son relief. Les bâtiments seront construits en retrait, étendus à plat sous les arbres plutôt que dressés entre eux et on roulera sans les apercevoir. Il n'y aura pas de murs d'enceinte, ni autour de la ville, ni autour de ses bâtiments, pas non plus de cette rage pavillonnaire qui, sur la côte, aligne les villas sans faiblir. La moitié de la superficie de Sophia-Antipolis sera décrétée non constructible et laissée aux forêts. Quant aux habitations, elles seront regroupées en villages bâtis selon un cahier des charges exigeant et homogène. Des villages, Pierre y tient, pas des lotissements, des villages c'est-à-dire une sociabilité, une vie de quartier, des voisins, des familles, des amis, des fêtes, des solidarités. Pierre se rend à Valbonne, à Biot, à Antibes, et observe les lieux où des habitants se rassemblent, les places, les fontaines, les terrains de pétanque, qu'il conçoit comme les descendants de l'agora antique. Il en veut pour Sophia-Antipolis car une ville, dit-il à Sophie, ce ne sont pas seulement des bâtiments et des voies de circulation, pas seulement des choses en dur avec des angles droits, une ville, ce sont des habitudes, des attitudes, des façons de faire et de vivre. D'ailleurs sa décision est prise : sur les quarante hectares où il doit préfigurer son projet, il construira d'abord une place en demi-cercle. Elle sera le cœur battant de la ville à venir, avec un théâtre, une salle d'exposition, des lieux de rencontre où se tiendront des conférences. Alentour s'installeront les premiers bâtiments scientifiques : un centre de recherche de l'École des mines – l'institution qu'il dirige ne peut pas lui refuser ça –, une école de commerce qui se trouve à l'étroit dans ses locaux de Nice, le siège de Franlab, filiale de l'Institut français du pétrole. Suivront L'Oréal – M. Bettencourt a promis un centre de recherche en dermatologie –, puis Air France. Ce ne sera qu'un début, mais ça débordera largement les quarante hectares. À terme, il faudra – Pierre calcule : les entreprises, les villages, les places, la forêt préservée, les écoles, les commerces, les parkings, une addition rapide –, il faudra deux mille quatre cents hectares.

Pour commencer, une place. Il a identifié le terrain idéal sur le versant sud d'une colline. Le chantier débutera en ce point.

Pierre lance une étude géotechnique et une étude de faisabilité, il commande des plans d'aménagement, missionne un bureau d'études, missionne un bureau de contrôle, sollicite un cabinet d'architectes, puis un autre, contacte une, deux, trois entreprises de construction, fait établir les quantitatifs de l'ouvrage, les soumet à un métreur vérificateur, commande un devis, des devis, les négocie et, progressivement, la place prend forme, mais forme de tableaux à entrées, de chiffres additionnés, de durées et de coûts estimés, forme de diagnostics prudemment posés et de plans – qui sont les versions que Pierre préfère puisque le soir venu, il peut les déployer sous les yeux de Sophie et dire, Voici la place, vue de haut, vue en coupe, voici la place, jeu de lignes continues ou pointillées, simples ou doubles, abstraites pour qui regarde sans savoir, sublimes pour lui qui, dans le schéma, voit déjà les bâtiments au crépi sable ou rosé formant une arène pour le ciel si bleu du plateau, voit la lumière du matin sur les façades, entend une porte s'ouvrir, des pas, une voix, les bruits d'un commencement.

Pierre voit, Pierre entend, mais les bureaux qui étudient ou contrôlent, les entreprises, les architectes, les ingénieurs – à qui il parle en pair mais qui devinent, à son enthousiasme, à la légère fébrilité qui le distingue des commanditaires aguerris, que celui-là a beau être de Polytechnique, il n'est pas du BTP –, tous lui disent, C'est pas pour demain le sable et le rose, tous lui disent qu'avant de construire, il faut détruire, réorganiser, consolider, terrasser, faire venir les réseaux, faire venir l'eau, eh oui monsieur, faire venir l'électricité, vous n'y aviez pas pensé ? vous imaginiez qu'elle tombait du ciel avec la foudre ? faire venir le téléphone, car vous n'allez pas installer des entreprises sans leur donner le téléphone, faire venir, eh oui monsieur, faire venir la route, parce que les machines qui vont construire votre place, elles ne vont pas passer par le sentier, si joli soit-il avec ses initiales griffonnées sur les troncs, donc autant dire, monsieur, que les bâtiments roses et les bâtiments sable, c'est pas pour demain, mais commencez par la route, vous verrez, une belle ligne goudronnée ça vous donnera du courage.

Il n'avait pas anticipé le chambard que le chantier d'une route ouvre dans un paysage. D'abord, ça explose. Charges de dynamite placées dans le repli des roches, tout le monde s'éloigne, déflagration, le ciel se constelle de pierres, éruption ocre sur fond bleu, béances fumantes, et avant que la poussière ait le temps de retomber, une nouvelle explosion retentit ailleurs. Ensuite viennent les machines, en procession victorieuse. D'abord les abatteuses, les dessoucheuses, les décapeuses qui effacent avec la même aisance un arbre centenaire et une touffe de romarin. Quand elles quittent les lieux, ils ne sont plus que pierres et terre. Entrent alors les défonceuses, les niveleuses, les compacteurs, qui font le sol si plat qu'on pourrait y jouer au billard. Puis les épandeuses et les gravillonneuses – couche de chaussée, couche de roulement : la route apparaît. Ne manque plus qu'un dernier passage du compacteur qui la termine en l'écrasant et la voici, incise noire dans ce qui était vert, traversant le plateau depuis Valbonne au nord-ouest jusqu'à Antibes au sud-ouest sans rien desservir au milieu. Ce n'est pas une route, c'est la diagonale du vide, plaisantent les ouvriers et, dès qu'ils croisent Pierre, ils demandent en riant, Vous êtes sûr qu'il la fallait si large ?

La route passe à quelques mètres en contrebas de l'emplacement de la future place, alors pour qu'un point donne du sens au trait, Pierre décide d'y faire couler une longrine en béton et d'installer une baraque en préfabriqué. C'est un commencement revu à la baisse, mais un commencement quand même.

Le jour où les parois en PVC sont montées, Pierre invite une petite foule à inaugurer ce premier parallélépipède en milieu broussailleux. Entre deux troncs, il a tendu un ruban de satin rose – la mercerie n'avait plus assez de rouge. Après avoir demandé l'attention de tous, il attrape une paire de ciseaux de couture et s'avance. L'assemblée retient ses bavardages. Pierre s'arrête devant le ruban, se penche, se redresse. On se pousse du coude – a-t-il coupé ? on ne dirait pas ; que fait-il ? on ne voit pas. Pierre se tourne vers l'assistance et, montrant les ciseaux, soupire, Ils sont trop petits pour moi, puis, Tu veux bien ma chérie ? À toi, ils t'iront. Sophie s'avance, prend les ciseaux, coupe le ruban, inaugure Sophia. Une clameur monte du plateau. L'assemblée applaudit. Des tourterelles s'enfuient et leurs battements d'ailes se joignent aux battements de mains. Deux bouchons de champagne sautent – l'un retombe, l'autre se prend dans les branches – et les convives, circulant sur la terre rase, un verre en plastique à la main, prennent des airs gourmets en se congratulant, Un peu tiède, mais c'est du bon. Quand ils croisent Pierre ou un des membres de l'Association, ils se précipitent et demandent, Racontez-nous !

Raconter quoi ? font les pionniers, parce qu'ils sont modestes et que c'est la première fois

Mais tout ça, disent les autres sur un ton d'évidence accompagné d'un geste panoramique, tout ça, le plateau, le chantier, racontez-nous comment vous avez fait, dites-nous des anecdotes, des moments drôles, des moments difficiles

Les pionniers se regardent, surpris. Leurs histoires ne sont pas encore constituées – peut-être ne se sont-ils même pas aperçus qu'il y avait des histoires à dire. Mais l'auditoire attend et sa présence suffit à faire naître des récits. Pierre se lance en premier. Ses amis le suivent, prudemment d'abord, puis de plus en plus vite, découvrant avec stupéfaction tout ce qu'il est possible de raconter, tout ce qu'il s'est déjà passé – à force de parler au futur, ils ne s'en étaient pas rendu compte. La conversation s'éparpille, les voix se superposent et, moyennant quelques exagérations, les anecdotes fournissent au public la quantité de suspense attendue. On se croirait dans *L'Île mystérieuse*, frémit un jeune garçon. Ça pourrait durer, mais il n'y a plus rien à boire et le soir tombe. Pierre grimpe sur une souche, interrompt les conversations : il est temps de regagner le monde électrifié.

Par le hublot, Sophie observe la côte dérouler ses dentelures. Une fois la mer disparue, elle se tourne vers Pierre,

Les ciseaux, c'était un mensonge ?

Comment ça ?

Tu as menti, ils n'étaient pas trop petits

J'ai accentué la réalité

Tu ne voulais pas couper le ruban ?

J'avais très envie de couper le ruban, mais je me suis soudain aperçu que j'avais encore plus envie de te voir le couper, et figure-toi qu'au même instant, j'ai découvert que les ciseaux étaient trop petits. Ce n'est pas un mensonge, c'est une coïncidence

Combien d'habitants de la région, après avoir lu un article de *Nice-Matin* annonçant un chantier, des entreprises, un bassin d'emplois à quelques kilomètres de chez eux, ont sauté dans leur voiture et, venant de Biot, d'Antibes ou de Mougins, se sont élancés vers Sophia-Antipolis ?

Combien, chemise repassée, mains moites, CV en cinq exemplaires glissés dans la serviette similicuir, ont entrepris la route neuve comme un tapis de cérémonie, puis ont senti le revêtement s'effacer sous leurs roues, le goudron devenir terre, ornières, flaques et se sont retrouvés face à un remue-ménage de roches coiffé d'une baraque de fortune et d'un panneau annonçant, SOPHIA-ANTIPOLIS, ASSOCIATION À BUT NON LUCRATIF ?

Combien ont fait demi-tour – un demi-tour rageur de personnes abusées – en constatant que Sophia-Antipolis n'était qu'un désordre à l'arrêt ?

Combien ont conclu que celui qui avait entrepris de construire avait fichu le camp sans se donner la peine de nettoyer derrière lui ?

Ruban, bouchons, tourterelles, anecdotes – puis le silence. Quelques semaines après l'inauguration du cabanon, les machines quittent le plateau, les équipes de chantier disparaissent, Pierre lui-même cesse de venir. Manque-t-il de courage, manque-t-il de temps ? Le banquier de l'agence familiale de Saint-Paul-de-Vence connaît la réponse mieux que tout autre : Pierre manque d'argent. Il le savait, le banquier, il l'avait vu venir. Si les gens achètent des maisons, et pas des villes entières, c'est pour une bonne raison. Il le savait, mais personne ne l'écoute, ou bien quand on l'écoute, il est trop tard. Quand M. Laffitte l'appelle pour solliciter un nouveau prêt, il lui répond que c'est sans espoir. C'est un banquier sérieux, aussi honnête et attentif que sa profession le lui permet. Il n'aime pas donner d'illusions aux gens. Il dit,

Ne vous fatiguez pas à constituer un dossier monsieur Laffitte, c'est sans espoir

À commander, à missionner, à étudier, à construire une route et une cabane en PVC, tout l'argent est passé. Pierre ne peut pas construire davantage et s'il ne peut pas construire, il ne peut pas convaincre. Il lui faut renoncer ou changer les règles établies.

Pierre en parle aux élus des communes alentour – ils voudraient bien, mais ils ne tiennent pas les cordons de la bourse, n'ont pas le bras suffisamment long, ni les reins assez solides : il faut viser plus haut.

Pierre en parle au préfet – qui n'est plus René-Georges et qui, soupire-t-il, ne peut rien : il faut viser plus haut.

Pierre en parle au président du conseil général – il obtient son soutien mais n'aura pas d'argent : il faut viser plus haut.

Alors Pierre abandonne les collines du plateau et reconduit la scène de Sophia-Antipolis là où tout a commencé : à Paris. L'action n'est plus sur le chantier, elle se déploie sur des tables vernies, elle n'est plus affaire de voirie, mais d'institutions, de parts, de compétences, d'obligations, de processus de décision. Qui fera quoi et comment dans cette ville qui n'existe pas encore, voilà ce qu'il faut éclaircir si on veut que l'État finance le projet.

La liste des protagonistes s'allonge – acronymes, titres et privilèges.

L'intrigue se complique d'intérêts – orgueil et préjugés, raison et sentiments. Sophia-Antipolis se monte et se démonte au gré des rendez-vous, elle change d'aspect selon les voix qui l'évoquent, devient métamorphe, mais conserve encore un centre immuable : Pierre. Tout repose sur lui, ce qui signifie aussi que s'il abandonne, tout s'arrête. Personne ne lui demandera de comptes, personne ne lui en voudra. Le souvenir de la ville qu'il aurait dû construire s'effacera plus vite que ses dettes. Bien sûr, il restera une route inutile dans le paysage, mais elle ne le restera pas longtemps. La Côte d'Azur a horreur du vide.

Pourquoi est-ce que tu continues ? ne peut s'empêcher de lui demander Sophie qui téléphone depuis la maison de Saint-Paul-de-Vence

Au revers de sa question, résonnent d'autres mots,

Souviens-toi que tu peux arrêter

Sophie redoute que ce soit pour elle que Pierre s'acharne. Se peut-il qu'après tant d'années, il pense encore que leur amour dépende de cette ville, qu'il exige autant et tienne à si peu ? Pourquoi est-ce que tu continues ? demande Sophie, mais Pierre la laisse sans réponse. Il est attendu, il a rendez-vous et rien ne peut le détourner de sa tâche, pas même une question de Sophie. Cette indifférence la rassure. Ce n'est donc pas pour elle qu'il continue, mais pour lui. Sophia-Antipolis est si étroitement nouée à son existence que l'une ne peut plus être détachée de l'autre – pas même le temps d'un pourquoi. Sophia-Antipolis n'existe pas encore, mais elle a fabriqué Pierre. Il lui doit sa ténacité, son obstination à convaincre, son effarante absence de doutes, son habileté à manœuvrer les paresses et à se contorsionner dans le réseau compliqué des administrations, son art d'occuper les agendas et de ne se vexer de rien – soupirs, portes fermées, attentes interminables.

Monsieur le président est à vous dans un instant
Monsieur le ministre va vous recevoir sous peu
Monsieur le directeur vous prie de patienter
Monsieur le sous-secrétaire est en rendez-vous

Assis sous les ors de la République, Pierre sait que la matière première d'une ville n'est ni la pierre, ni le béton, mais l'attente. Il imagine Romulus accroupi sur une motte, le menton dans la paume, arrêté en plein tour de charrue par des bureaucrates dubitatifs quant à l'utilité de construire une ville éternelle sur ce mont Palatin. Cela ne va-t-il pas bouleverser les équilibres régionaux ? Les pouvoirs locaux n'en profiteront-ils pas pour rogner sur les prérogatives de l'administration centrale ? Les bœufs tapent du sabot et ruminent si activement qu'on les croirait prêts à parler, mais les experts, imperturbables, poursuivent leur fil suspicieux. Quel statut administratif Monsieur Romulus pense-t-il donner à sa ville ? Ville éternelle, ça va faire jaser au cadastre, non vraiment, on ne va pas pouvoir vous autoriser à avancer monsieur, merci de nous remettre les rênes de l'attelage et de vous ranger sur le bas-côté en attendant que nous nommions un comité ad hoc qui sera seul habilité à trancher la question. Vos bœufs pourront ruminer tout ce qu'ils voudront : tant que le comité ne se sera pas prononcé, ils n'avanceront pas.

Constituer un comité ad hoc ou, plutôt, interministériel : voilà ce que décide le ministre de l'Aménagement. À Pierre, qu'il connaît bien, il avoue, le front soucieux, le front contrit, C'est la procédure Pierre, je ne peux rien décider seul, j'ai les mains liées. Mais ce que le ministre annonce comme une impuissance émeut Pierre aussi fort qu'une libération : qu'enfin la procédure soit lancée, que le système avale son projet, le traite, l'évalue, le rejette s'il le faut, mais l'extirpe de l'hypothétique où il stationne, incapable d'exister mieux que sous forme d'une baraque de chantier où butent les espoirs déçus de toute la région.

Les experts, nommés par le ministre, reçoivent chacun copie d'un rapport rédigé par Pierre qui compte autant de pages qu'il y a de kilomètres entre Paris et Valbonne. La Cité internationale de la Sagesse, des Sciences et des Techniques y est décrite par le menu.

Les visages, nommés par le ministre, se penchent et sont d'avance en désaccord avec ce qu'ils vont lire, pleins de la défiance que soulève la nouveauté quand elle contredit la façon qu'on a toujours eu de faire les choses et la certitude de les faire bien ainsi. Si Pierre désigne des erreurs commises ailleurs et dont il veut préserver Sophia-Antipolis, ils s'en indignent comme d'une injure personnelle : Fos-sur-Mer, une menace, de quel droit ? Bec d'Ambès, une aberration, au nom de quoi ? Cet homme piétine leurs fleurons, et que propose-t-il ? Une cité de la Sagesse au bord de la Méditerranée. Mais qui imagine travailler sérieusement dans ce pays qui hiberne hors saison dans l'attente des touristes et qui sieste l'été jusqu'à ce que la chaleur tombe, ce pays d'heures longues où il est absurde d'espérer construire autre chose que des villas et des châteaux de sable ? Les experts ne vont pas jusqu'à penser que pour produire, il faut les pluies de Paris, les embouteillages, le métro souterrain qui plonge en simulant de grands départs dont l'élan tourne court sur la grisaille de cette ville conçue pour travailler et consommer, pour franchir au plus vite l'intervalle qui sépare la station ou le parking du bureau qu'on ne quittera qu'au soir puisque rien n'appelle au-dehors, les experts ne vont pas jusqu'à penser que l'hostilité est la condition nécessaire de l'efficacité, mais ils considèrent néanmoins qu'elle aide et que celui qui prétend travailler, travailler vraiment, sur la Côte d'Azur est un arnaqueur.

Alors ils rayent – stylo rouge manié sans retenue, paragraphes lacérés – et s'autorisent même une discrète maltraitance, faite de taches de graisse et d'anneaux de café.

Ça ne suffit pas.

Les mots de Pierre agissent.

Science, Modernité, Sagesse, Progrès, Intelligence, Savoir – répétés à chaque paragraphe, augmentés d'une majuscule qui les rend irrésistibles, ils fascinent les experts. Qui oserait s'opposer à eux, qui dirait, le cœur tranquille et la voix assurée, la Science m'indiffère, le Progrès m'ennuie ?

Les mots de Pierre font leur travail.

Les experts replacent le stylo rouge dans le pot à crayons. L'hostilité reflue, l'adhésion croît et les effets millimétriques de cette substitution se marquent sur leurs visages – une tension abandonne un front, une bouche se détend, froncements et soupirs sont suspendus. Les experts s'abandonnent. Les ratures sont remplacées par des annotations au crayon gris où ils concèdent, veulent bien voir, formulent des pourquoi pas et finissent par y croire.

Science, Modernité, Sagesse, Progrès, Intelligence, Savoir.

Parvenus au terme de leur lecture, les experts ont fait leur révolution : l'État doit se tenir du côté du Futur majuscule que promet Sophia-Antipolis. L'État doit financer, s'engager et soutenir toutes les dispositions proposées par Pierre Laffitte, faire venir des universités, des centres de recherche, des entreprises, allouer une superficie de deux mille quatre cents hectares, en sanctuariser la moitié, renoncer aux activités polluantes, construire les bâtiments à plat, réglementer l'habitat, il faut tout prendre sauf, peut-être, le statut. Cité internationale de la Sagesse, des Sciences et des Techniques, administrativement ça ne tient pas, c'est aussi fantaisiste que, disons, Ville Éternelle par exemple. Il faut trouver autre chose.

Le comité tergiverse, le comité décide : Parc international d'activités de Valbonne Sophia-Antipolis.

Voilà qui est mieux.

L'administration place ses mots sur ceux du rêve et Romulus peut à nouveau conduire sa charrue, à moins que, dernière chose, au moment de lever la séance, une fulgurance : le polytechnicien.

Oui ?

Depuis quand des individus créent-ils des villes ?

Il ne faudrait pas que

Ça serait fâcheux

On nous le reprocherait

On ne saurait l'accepter

Des dérives – possibles

Des abus – probables

Un précédent

Une jurisprudence

Qu'est-ce qu'on en fait ?

Autant prendre les devants – réglementer, restreindre, cadrer

Nouvelles tergiversations, nouvelle décision : la maîtrise d'ouvrage du Parc international d'activités est retirée à l'Association Sophia-Antipolis et confiée à un syndicat mixte où siégeront le département, la chambre de commerce et d'industrie, la chambre d'agriculture et les communes sur le territoire desquelles Sophia-Antipolis étendra le sien.

Voilà qui est mieux.

L'administration place ses institutions sur celles du rêve et Romulus n'a plus de charrue, à moins que…

Eh bien ?

Le polytechnicien…

Quoi encore ?

Il faudrait peut-être

Après tout c'est lui qui
Son idée
Ses efforts
Il faudrait
Un os à ronger ?
Une mission honorifique ?
Symbolique ?
Voyons voir
La culture ?
C'est une noble mission
Essentielle
Symbolique
On dirait qu'il y tient
Vous avez vu qu'il veut un théâtre en plein air ?

Cette fois, ça commence – ou bien ça recommence, à vrai dire on ne sait plus. En tout cas, cette fois, c'est pour de bon. Véhicules et machines remontent la route depuis Antibes, la descendent depuis Valbonne et font cercle autour du cabanon. La première opération – échauffement minime – consiste à abattre le panneau SOPHIA-ANTIPOLIS, ASSOCIATION À BUT NON LUCRATIF. Cette chute est l'épicentre d'un chantier qui se propage, saisit l'espace, mais préempte aussi le temps, ce chantier ne se contentera pas d'être un commencement, il deviendra la façon d'être de Sophia-Antipolis, son mode de vie, il y aura des répits – intervalles accidentels pendant lesquels rien ne sera construit, aucune terre retournée, aucune fondation posée – mais cette ville, si longue à débuter, ne saura exister qu'en s'augmentant. Pierre l'ignore, et c'est heureux, car depuis qu'il a vu la terre pulvérisée et les arbres faire le salto pour la construction de la route, il ne supporte plus les chantiers. On aimerait identifier sa silhouette parmi les machines, doigt pointé vers le sol, doigt pointé vers un arbre – doigt pointé vers les Alpes, disant ce qu'il y aura –, on aimerait voir son sourire grand de réussite sous le casque orange pendant qu'il pose pour un photographe de *Nice-Matin*, mais Pierre est resté à Paris. Il ne veut pas entendre les détonations, ne veut pas voir les bulldozers, ne veut rien savoir des feux qu'on allume pour déboiser plus vite et de ce que la ville détruit pour sortir de terre. Il préfère regarder ailleurs. De toute façon, qu'irait-il faire sur un chantier où il n'a pas son mot à dire ?

Mais chaque après-midi, une autre silhouette s'aventure dans le paysage défoncé. Des ouvriers la mettent en garde, Ici ça va sauter, Ici ça va tomber, Cet arbre, on l'abolit. Elle s'écarte, attend, remercie d'un sourire et reprend son parcours une fois le danger passé.

Pierre ne saura pas que jour après jour, Sophie est venue sur le chantier de Sophia-Antipolis. Quand ils se parlent au téléphone, les seuls travaux qu'elle lui raconte sont ceux qu'elle a engagés dans la maison. Elle a choisi d'installer son bureau dans la plus petite pièce, un cube blanc coupé d'un plafond en soupente. Les murs, passés à la chaux, sont percés d'une fenêtre, orientée au nord. Elle dit à Pierre,

La lumière est tellement régulière que je peux oublier le temps, le ciel s'en tient au même bleu, je ne vois pas la course du soleil, c'est une chambre sans heure, un lieu absolument immobile, peut-être est-ce pour ça que j'y suis bien

Le baccalauréat avec tous les honneurs,

Math sup Math spé, toujours premier,

de là, Polytechnique, classement d'entrée admirable, classement de sortie impeccable le conduisant au corps des Mines,

deux postes de direction coup sur coup :

Pierre a connu le succès et jamais le succès ne l'a déprimé.

Ceux que la réussite laisse les yeux dans le vague, vides de tout désir, lui font l'effet d'enfants gâtés. Leurs déceptions, leurs dépressions, il les voit comme des poses. Mais aujourd'hui, Sophia-Antipolis est sortie de l'informe, aujourd'hui Sophia-Antipolis existe et il est désemparé.

Il frappe à la porte de la petite pièce blanche. Sophie ne répond pas. Il ouvre, elle ne se tourne pas. Depuis l'entrebâillement, il la détaille, assise à sa table face à la fenêtre. Ses épaules, sa nuque en contre-jour sur le rectangle bleu, les cheveux blancs et courts, leurs ondulations figées en un casque de nacre. Pour attirer son attention sans l'effrayer ni la vexer – elle déteste l'idée d'être sourde –, il tousse. Elle se retourne, sourit, Tu es là. Sa phrase est sans question. Pierre s'approche.

Il s'assied sur le tabouret de piano – descendu de Paris

avec le bureau – et raconte à Sophie que ce matin, il a visité le bâtiment de Franlab. Il a passé les portes en verre, les premières portes de la première entreprise de Sophia-Antipolis, et s'est retrouvé, admiratif, dans un hall immense. Il décrit les larges dalles de marbre, le lustre au plafond, les murs crème, les matières, les lumières, la sensation de richesse, l'atmosphère nette et ruisselante à la fois, il décrit, mais sa voix est lourde, aussi ralentie que si chaque objet atteignait sa mémoire après une éprouvante traversée de l'oubli, les baies vitrées, la pelouse rase, le cyprès taillé en ogive, son ombre impeccable, les pins à l'arrière-plan, le ciel au-delà, il décrit ce qu'il a eu tout loisir d'observer, puisqu'il a attendu une heure entière que le directeur vienne lui faire visiter les bureaux. Pendant cette heure, il a jubilé de découvrir que la beauté du lieu dépassait ses espérances sans les trahir, et pendant cette heure, une autre sensation a grandi, qui ne contredisait pas la réussite, ne contredisait pas la joie, ne minorait pas la beauté, mais parlait en même temps qu'elles et en cacophonie. Sophia-Antipolis devenait réalité et lui, l'initiateur, le fondateur, celui sans qui rien ne serait advenu, était accueilli par une standardiste qui – souriante, chaleureuse, politesse impeccable – lui désignait un fauteuil – rouge, confortable, assise parfaite – et lui demandait de patienter. Pierre sait que des choses admirables peuvent naître de l'attente – Sophia-Antipolis en est une –, mais que les attentes qu'il a traversées se rejouent une fois le but atteint, il trouve ça douloureux, d'autant plus douloureux que la standardiste a précisé que monsieur le directeur était en réunion avec les élus de la région, ceux-là que Pierre a tant de fois sollicités sans obtenir de réponse, ceux-là qui se taisaient pendant qu'il bataillait mais qui se sont précipités une fois tombé l'avis du comité interministériel, regorgeant soudain d'idées à mettre en œuvre et de prérogatives à faire valoir, ceux-là qui, depuis, se comportent avec lui comme des adultes soucieux de retirer à un enfant le jouet trop précieux qu'il risque de briser. Leurs mains sont délicates, leurs gestes prévenants, mais cette précaution même est insultante. On évite de le brusquer, on oriente son attention ailleurs : une visite des locaux de Franlab, joujou de pacotille ; la programmation culturelle de Sophia-Antipolis, joujou de diversion dont le clinquant doit le contenter pendant que les adultes prendront les décisions qui s'imposent.

Pierre se tait, regarde ses mains posées sur ses genoux, puis regarde Sophie et dit,

Je suis triste

Elle ne bouge pas, ne répond pas, laisse s'étirer un silence si long que Pierre se rétracte et prétend,

Ça va passer, ce n'est rien, des bêtises, de l'orgueil

puis,

Mettons que je n'ai rien dit

Il se redresse, embrasse Sophie sur la tempe mais elle, comme brusquement sortie du sommeil, lui attrape la main, la tient serrée contre sa joue et dit,

Pierre, ne chasse ni ta satisfaction, ni ta tristesse, elles ont toute leur place, la satisfaction, parce que tu as réussi, la tristesse parce que cette réussite t'échappe. Sans toi il n'y aurait rien et ce qu'il y a va cesser de t'appartenir. Sophia-Antipolis n'est plus la ville de tes pensées. Si tu avais été égoïste, tu aurais gardé ton idée pour toi, là où elle ne courait aucun risque de se réaliser et où personne ne pouvait te la disputer, mais tu es généreux, tu as décidé de l'accomplir, tu as fait ce qu'il fallait pour ça et c'est parce que aujourd'hui ton idée existe, c'est parce qu'elle devient pleinement ce que tu voulais qu'elle soit, qu'elle cesse de t'appartenir. Tu sais bien qu'aucune ville n'est un cercle parfait tracé par un homme seul, tu l'as toujours su

Tu te souviens, demande Pierre, du jour où j'ai survolé le plateau en hélicoptère ? Avec le préfet, nous nous sommes mis d'accord, nous avons déjeuné et quand je suis rentré, je t'ai dit que la ville s'appellerait Sophia-Antipolis. Tu m'as dit que le nom était beau et nous sommes restés là, sur le canapé. J'étais dans tes bras, ou bien tu étais dans les miens, je ne sais plus, et nous avons dormi

Et tu as rêvé ?

Non, je n'ai pas rêvé, je n'en avais pas besoin, puisque tout devenait réel, mais vois-tu, ce sommeil, c'est pour moi le moment d'existence le plus intense, le plus précis et le plus ramassé de Sophia-Antipolis. C'est aujourd'hui que je le comprends. Son moment le plus intense...

Une entreprise, puis deux, puis quatre, un laboratoire du CNRS, un autre de l'École des mines, une école de commerce, des routes, bientôt un village baptisé Haut-Sartoux dont les deux cent quarante logements trouvent preneurs avant que leur construction soit achevée – Sophia-Antipolis se déploie. À l'endroit où se tenait le baraquement en PVC, il y a un café, une salle d'exposition, un théâtre à ciel ouvert. Cette place en demi-cercle se nomme Sophie-Laffitte car si le pouvoir réel échappe à Pierre, les symboles continuent de lui appartenir. Il est le fondateur, aucune décision administrative n'a pu dissoudre ce privilège. Il est de chaque article, de chaque inauguration et son sourire apparaît dès qu'est fêté l'anniversaire de Sophia-Antipolis dont l'histoire retient qu'elle est née place Sophie-Laffitte, un jour de 1969, quand un ruban fut coupé.

Mais Pierre a beau inscrire sa femme au centre des lieux, à mesure que Sophia s'installe, Sophie s'amenuise. La ville prend corps et elle perd le sien – on pourrait croire qu'elle le lui donne.

Un matin, pour la première fois, Pierre la voit vieille. C'est une minceur nouvelle, une réduction de la silhouette, c'est l'inclinaison du buste, les épaules appelées au sol, comme si le point de projection du corps avait glissé de l'horizon jusqu'en un lieu souterrain.

Viennent les examens exploratoires, les diagnostics prudents, les silences de spécialistes plongés dans l'étude des résultats et leur gaffe, à chaque fois que Pierre entre dans leur cabinet au bras de Sophie,

Vous êtes son fils ?

Suivent les séances à l'hôpital de la Fontonne, les examens complémentaires, les résultats qui ne sont pas bons, les résultats qui sont mauvais, les résultats qui empirent, à moins, dit un jour Sophie, à moins que les médecins se trompent. Elle sourit et Pierre est écrasé. Il n'a pas connu pareille tétanie depuis leurs premiers rendez-vous, il y a trente ans, quand il était terrorisé à l'idée de lui dire qu'il l'aimait. Aujourd'hui, il doit lui dire qu'elle va mourir et que les médecins ne se trompent pas. Il n'en a pas la force. Sophie reprend, souriant toujours,

Ce que je veux dire, c'est que les médecins posent mal le problème, ils oublient ce que la science a pourtant découvert, et qui est aussi une affaire de grammaire : la relativité. Ils disent que ce n'est pas bon, mais tout dépend du référentiel. Si la vie est le référentiel, bien entendu, ce n'est pas bon, mais si on considère qu'à mon âge le référentiel s'est modifié, que ce n'est plus la vie, mais la mort, alors les médecins devraient considérer que tout va bien, qu'on est sur la bonne voie et que ma mort ne sera pas un raté, pas une défaite pour la médecine ou pour moi, mais le terme qu'il fallait atteindre en s'y prenant le mieux possible, au moment le plus juste. De ce point de vue, selon ce référentiel, je peux te dire, mon cher, que les résultats sont bons, tout va bien, tout se passe bien et surtout, tu sais, tout se passe en son temps

Sophie meurt juste avant que les premiers habitants de Sophia-Antipolis n'emménagent dans leurs maisons neuves.

Pierre a construit une ville pour une femme, construit une ville avec une femme.

La ville advient, la femme s'en va.

La ville échappe, la femme aussi.

Est-ce une harmonie, est-ce une cruauté ? Il ne peut pas trancher. Seule Sophie savait répondre à ces questions.

À l'exception des lignes sèches d'une notice biographique, aucune source ne renseigne la vie de Sophie. Aucun enregistrement sonore ou vidéo, aucun entretien, aucun article, aucune recension de ses livres, aucune archive qui, conservant sa mémoire, reconnaîtrait qu'elle a compté – rien, pas même une photographie.

D'un côté, une absence de traces et, de l'autre, ce témoignage immense, cette preuve d'amour digne des mythes, pas une statue, pas un monument, une ville entière, nommée de son prénom et, dans cette ville, une place portant son nom complet. L'hommage est sublime, mais de Sophie, il ne dit qu'une chose : elle fut l'épouse de l'homme qui fit les lieux. La vie de Sophie, elle, disparaît.

Une pierre avalée par l'eau.

Une pierre qui tombe sourdement et rejoint les autres, innombrables, englouties, invisibles depuis la surface où la vie suit son cours. Parfois, un intérêt inopiné, une conjecture bien ajustée traversent les profondeurs en ligne droite et l'illuminent. En ces instants, l'eau paraît claire et le fond si proche qu'il pourrait suffire de tendre la main pour l'attraper et la ramener à la surface. Mais le rayon passe, l'eau redevient opaque, le fond lointain. Ce qui demeure à l'air libre est un nom suivi d'une fonction : Sophie Laffitte, épouse de Pierre Laffitte et, quand Pierre se remarie quelques années plus tard, Sophie Laffitte, première épouse de Pierre Laffitte.

Le Parc international d'activités de Valbonne Sophia-Antipolis est en plein essor.

Des bâtiments naissent et ils ont des noms – Heraklion, Paros, Naxos, Ophira, des noms grecs pour des adresses bouclées par le code postal des Alpes-Maritimes.

Athéna, 1180 route des Dolines, 06560 Valbonne.

Astéropolis, 215 route de Goa, 06600 Antibes.

Les Algorithmes, 2000 route des Lucioles, 06410 Biot.

La localité Sophia-Antipolis n'apparaît pas dans les adresses, pas plus que sur les cartes topographiques, car elle n'a pas d'existence au cadastre. Sophia-Antipolis flotte sur le territoire de communes préexistantes. Vibrant d'activité, elle est une ville fantôme.

Des bâtiments naissent, leurs architectures sont rectilignes.

Astéropolis, un cube de verre cuivré qui dédouble ce qui l'entoure – ciel, parking, voitures, agaves, iris en plates-bandes, forêt au-delà.

Les Algorithmes, quatre immeubles taillés en hexagones, le premier baptisé Pythagore, le deuxième Euclide, le troisième Thalès, le dernier, Aristote.

Ceux qui ont conçu ces architectures sont persuadés que d'être mathématiques, donc universelles, donc éternelles, elles ne se laisseront jamais devancer par le temps. Mais les crépis se grisent, cloquent, pèlent et, en quelques années, leurs géométries deviennent des futurs dépassés.

D'autres formes sont nées pour signifier l'avenir. Elles le racontent autrement, elles sont faites de verre, de bois et de métal, elles refusent les orthogonales, prennent modèle sur des plantes tropicales ou sur des créatures aquatiques, leurs parois sont pareilles à des souffles, à des flux, elles respirent, répondent, sont vivantes, elles ne veulent pas figer le temps mais le prendre à son propre jeu et le ciel que leurs courbes reflètent est plus bleu que le ciel initial.

Ces bâtiments ne portent pas d'autre nom que celui des entreprises qu'ils abritent, noms temporaires, modifiés au rythme des bulles qui font croître et des crises qui font fuir.

Le Parc international d'activités de Valbonne Sophia-Antipolis connaît autant les unes que les autres.

Tous les cinq ans, on annonce son déclin, tous les six, on s'ébahit de sa résurrection et, toujours, des bâtiments naissent.

Des bâtiments naissent et la forêt recule. Les hautes forêts de Sophia-Antipolis, où les feuillages scellaient le ciel, où les sentiers glissaient dans le silence figé d'un autre monde, où on ne voyait, derrière les arbres, que d'autres arbres et d'autres arbres encore, ces forêts s'amenuisent, deviennent interstices, remblais, talus.

Des bâtiments naissent et Sophia-Antipolis marche sur ce qu'elle voulait préserver, accueille ce qu'elle devait rejeter – à la fin des années 1980, une usine de production pharmaceutique dresse sa cheminée dans le paysage, puis viennent des habitations individuelles, un centre commercial, et un autre, plus vaste encore.

Un temps, la place Sophie-Laffitte bat la mesure d'une vie culturelle véritable – sans doute pas aussi ambitieuse que Pierre et Sophie la rêvaient, mais bien réelle toutefois. On y dresse des statues commandées à des artistes de la région, on joue Tchekhov et les tragiques grecs dans l'amphithéâtre en plein air, on adapte même Dostoïevski, *Les Carnets du sous-sol*, on organise un annuel Salon de Sophia dans la salle d'exposition, on programme des concerts dans une salle baptisée l'Agora. Seulement le cœur véritable de Sophia-Antipolis bat ailleurs. Il est là où les profits se font.

Une cité des Sciences et de la Sagesse, une ville de l'Esprit, disait Pierre qui ne parlait jamais d'argent, mais Sophia-Antipolis trouve sa réussite en devenant technopole, en devenant businesspole et les mots majuscules disparaissent, remplacés par des nombres – emplois, entreprises, équipes de recherche implantées, brevets déposés, bénéfices générés, hectares construits. Sophia-Antipolis trouve sa place dans les pages Économie & Entreprises des journaux, tandis que ceux qui vivent aux environs sans y travailler disent qu'il n'y a rien à Sophia-Antipolis, c'est-à-dire qu'il n'y a aucune raison pour eux de s'y rendre, aucune envie non plus. Ils n'y vont pas, ne la traversent pas, elle est pour eux un ensemble retranché du territoire, un piège de routes en pelote, de ronds-points et de voies sans issue où ils se perdent à tous les coups. Ils disent que Sophia-Antipolis est anonyme, qu'elle n'a pas été conçue pour les sentiments – ni pour les susciter, ni pour les abriter –, qu'elle n'a pas été pensée comme un lieu où tomber amoureux et cesser de l'être, un lieu où pleurer un ami disparu, où compter les minutes avant des retrouvailles, où s'émouvoir comme on le fait dans les vieilles villes et dans leurs centres anciens aux murs enrichis par les siècles, rendus sentimentaux d'avoir entouré tant d'histoires. Les murs de Sophia-Antipolis sont secs, disent-ils, des cloisons formant couloirs pour hommes et femmes pressés. Sophia-Antipolis rapporte de l'argent, disent-ils, mais elle n'est pas une ville parce qu'une ville, ça a une âme.

Comment pourraient-ils croire qu'au début de cette ville, il y avait un amour ?

Au fil des années, la place Sophie-Laffitte se vide et devient parking. Plus de théâtre, plus d'expositions, seul un café résiste, ses chaises en plastique engagées dans une guerre de position contre l'avancée des pare-chocs.

Un après-midi, à la faveur d'un coup de vent pas même remarquable, le bouchon de champagne qui n'était pas retombé dégringole des branchages et rebondit sur la tête étonnée d'une employée de L'Oréal qui passait par là. Pour elle, comme pour tous ceux qui fréquentent l'endroit, le nom de cette place a cessé d'évoquer une femme et ne dit plus rien d'autre que des soleils muets sur les façades, le bruit des graviers sous les pas, un ciel de printemps balayé d'hirondelles, la rosée matinale qui mouille les chaises du café-snack.

Précéder

[un silence]

Le terrain est coincé entre trois routes qui le taillent en flèche et sa pointe se brise sur un rond-point où s'enroulent les voitures. Le terrain est en friche. De part et d'autre des routes sont installés des hangars colorés – une jardinerie, un stockage, un grossiste en matériel hi-fi. De temps à autre, une voiture modifie sa trajectoire pour y faire étape. En contrebas de la jardinerie, un totem métallique annonce, SOPHIA-ANTIPOLIS, ICI LE FUTUR A TROUVÉ SES RACINES, mais les mots se perdent entre les pins.

C'est l'entrée de Sophia-Antipolis, la première, l'historique, et elle n'a l'air de rien.

Pour un peu, on pourrait l'effacer.

D'ailleurs, elle l'a déjà été.

C'est même comme ça que Sophia-Antipolis est née : en effaçant le terrain, en prétendant qu'il n'existait pas, en entourant de silence ce témoin compromettant, capable à lui seul de détruire l'histoire des collines sauvages et désertes depuis l'Antiquité.

Jusqu'à présent, le terrain s'est tu – ou peut-être est-ce plutôt que personne ne l'a écouté.

C'est un beau jour de l'année 2017,
les voitures se croisent – glissant vers la côte, montant vers Sophia –,
le totem lance son ombre sur la route et perd son sommet dans les branches,
la municipalité de Valbonne vient de céder le terrain à la société de promotion immobilière Azurelect.
Bientôt, au bord de la route, un panneau annoncera, BIENTÔT, DES BUREAUX. Le cabinet Delphe-Interactive, missionné par Azurelect, travaille déjà à l'illustration 3D où l'on verra des hommes et des femmes circuler avec décontraction entre des parois translucides.
Les friches seront saisies par le verre, le béton, le métal, l'entrée de Sophia ressemblera enfin à Sophia tout entière.
La transaction a été un moment solennel. Pour la chargée d'opérations d'Azurelect, c'est un coup superbe, du genre qu'on garde secret jusqu'à la signature. Les parcelles constructibles sont rares à Sophia – soit c'est bâti, soit c'est protégé – et la situation du terrain juste à l'entrée de la technopole présente un fort potentiel. La chargée d'opérations a promis à la commune qu'Azurelect ne bâtirait pas un immeuble de bureaux parmi d'autres, mais produirait dans le paysage un événement capable de restituer au terrain son prestige de

porte. Aux membres du conseil municipal réunis pour l'entendre, elle a expliqué,

Quand on parle de Sophia, on ne voit rien, on ne sait pas à quoi elle ressemble, on ne la voit pas depuis la route, on ne l'associe à aucun monument frappant, on n'a jamais de point de vue sur elle et elle n'a ni caractéristiques qui la distingueraient ou la rendraient reconnaissable, ni frontière nette, si bien qu'on ne sait pas quand on y entre et quand on en sort. Même vue d'en haut, sur les images satellite, elle est informe. Vous voulez qu'elle soit la vitrine de l'innovation dans la région et vous avez raison, mais pour l'instant, c'est une vitrine sans image. J'ai grandi ici et, quand on me dit Sophia, je ne vois rien, voilà pourquoi ce qu'Azurelect vous propose n'est pas un projet immobilier, c'est un visage

Elle pense que c'est par cette phrase, peut-être même par ce mot – un visage – qu'elle a remporté le marché.

Chez Azurelect, les bouchons de champagne ont sauté. Du côté de la municipalité, il n'y a pas eu d'euphorie, plutôt un soulagement vigilant : peut-être la cession du terrain allait-elle enfin sceller le destin du camp de la Bouillide, peut-être qu'après avoir causé tant d'inquiétudes ce terrain allait être le point de renaissance de Sophia.

Sophia s'essouffle – ça fait des années qu'on le dit –, elle s'essouffle sans s'épuiser complètement ; elle qui ne devait pas subir le temps mais le précéder ne s'effondre pas, elle se traîne. Elle enrichit son territoire par taxes et bénéfices, mais personne ne lui est véritablement reconnaissant, personne ne s'enorgueillit plus de sa présence. Elle indiffère. Peut-être qu'une architecture remarquable la rendra attachante. Les touristes, passant en voiture, la pointeront du doigt en criant *Look*, Sophia-Antipolis ! comme ils le font à Villeneuve-Loubet pour Marina Baie des Anges. La commune n'était qu'un bord de route sans qualité jusqu'à ce que se déploie la quadruple montagne de béton, insupportable devenue indispensable, injure devenue icône. Marina a sauvé Villeneuve-Loubet, l'a revendiquée et l'a installée comme une ville de plein droit entre Antibes et Nice. Alors qui sait, peut-être un bâtiment pourrait-il sauver Sophia ?

Une affaire en or

Sonia ne parle jamais à son père avec autant d'aplomb. D'ordinaire, elle dentelle avec des peut-être, des selon moi, des je crois que. Cette fois, elle annonce : une affaire en or.

Le père contourne la phrase, circonspect,

Tu as tout vérifié ?

Elle a tout vérifié.

Les diagnostics géophysiques ?

Les diagnostics géophysiques

Aucune surprise possible ?

Aucune surprise possible

Lunettes à l'angle du nez, paupières bissectrices, le père scrute les éléments du dossier.

Et les recours ?

Sonia travaille pour Azurelect depuis six ans. Elle y est entrée comme assistante de programme, puis elle est devenue chargée d'opérations junior et, depuis quelques mois, chargée d'opérations tout court. Tous les projets immobiliers qu'elle a suivis ont suscité leurs opposants, c'est la routine de la promotion immobilière, mais à condition de bien s'y prendre, jamais un recours n'empêche de construire. Il faut connaître les voies juridiques, savoir négocier, feindre d'écouter, souvent il faut payer, patienter, perdre de l'argent, intriguer, s'obstiner. L'année dernière, Sonia a fait plier des écologistes de Saint-Laurent-du-Var qui affirmaient que le bout de marais qu'elle s'apprêtait à assainir était une zone humide essentielle à la reproduction de telle espèce de chenille, elle-même nécessaire à l'alimentation de telle espèce d'oiseau – des oiseaux pas même beaux, plumage gris, bec brun, chant sec, mais – répétaient les écologistes avec leurs yeux ouverts pleins phares – des oiseaux protégés. Oiseaux protégés, donc chenilles protégées, donc zone protégée, donc construction impossible. Les écologistes y croyaient comme à une vérité révélée. Sonia a obtenu les autorisations – extension d'un centre commercial. Au même moment, à Golfe-Juan, des historiens se réunissaient en association pour empêcher Azurelect de détruire un ancien corps de ferme. Ils avaient fouillé les archives et trouvé ce qu'ils ne cherchaient même pas : Napoléon, enfui de l'île d'Elbe, y avait passé la nuit en 1815. Les historiens avaient fabriqué une pancarte ICI NAPOLÉON FIT HALTE et lancé une pétition. Sonia a construit – complexe hôtelier. L'établissement mentionne le passage de l'Empereur sur son site internet et « Napoléon » est le nom de l'espace prestige proposé à la location pour les événements.

Et les recours ? répète le père

Depuis que le permis de construire a été installé sur le terrain de la Bouillide, deux recours ont été déposés. Le premier, par les Amis du musée d'archéologie d'Antibes-Juan-les-Pins – les fouilles préventives auraient été trop hâtives –, le deuxième, par une association de défense de la forêt de Valbonne – la présence, sur la parcelle, des seuls eucalyptus du plateau, exigerait de révoquer le permis.

Sonia a prévenu ses équipes,

Je ne veux pas de presse, pas de ZAD, pas de militants enchaînés aux arbres

Savoir négocier, feindre d'écouter, avancer.

Tu penses qu'ils ont des chances d'aboutir, ces recours ? demande le père

Aucune, répond Sonia

Elle a vu des chantiers arrêtés pour un fragment de trirème et trois tessons d'amphores, mais ce terrain-là est au-dessus de tout soupçon. Pas besoin d'être expert pour savoir que les quelques parpaings qui s'y trouvent n'ont rien d'antique mais datent des premiers temps de Sophia – probablement des bâtiments temporaires construits pour le chantier de la place Sophie-Laffitte. Quant aux eucalyptus, elle n'a eu qu'à lire la notice Wikipédia de l'espèce pour être rassurée : jamais un arbre pareil n'arrêtera un chantier.

Le projet de la Bouillide sera sa réussite, une preuve de

ce qu'elle est capable de faire, élevée sur les lieux de son enfance – et Sonia, qui n'a pourtant à se venger de rien, prend ça comme une revanche.

Je me doutais qu'on aurait des problèmes, soupire l'élu à l'urbanisme sur la messagerie de Sonia
C'est quoi ce bordel ? demande Sonia à son équipe
J'ai l'adjoint au maire en ligne, signale la secrétaire, tête glissée dans l'entrebâillement de la porte
Qu'est-ce qu'on fait ? s'inquiète un chargé d'études
Vous avez un problème ? s'enquiert le directeur des programmes, qui ne fait que passer
Pas du tout, ment Sonia qui attend que le directeur ait tourné l'angle du couloir et répète, C'est quoi ce bordel ?

Le chargé d'études explique,
Un nouveau recours a été déposé, il vient de l'Association des harkis de Sophia-Antipolis
Qu'est-ce qu'ils demandent ?
L'arrêt du projet
Pour quel motif ?
Mémoriel
Mémoriel de quoi ? On est à Sophia

On est à Sophia et tout le monde sait que Sophia n'a pas de passé, donc pas de mémoire.

À peine installée dans le village de Garbejaïre avec ses parents à la fin des années 1980, Sonia a su l'histoire de la technopole – ou plutôt son absence d'histoire. Elle n'a pas aimé grandir à Sophia-Antipolis, elle aurait préféré Cannes, Antibes, n'importe quelle ville en bord de mer où elle aurait pu faire les magasins le samedi sans que sa mère doive l'y conduire en voiture, mais elle a aimé cet effet de commencement. Les lieux pouvaient sembler communs, pouvaient sembler ratés, ils avaient eu l'audace de s'inventer eux-mêmes.

Quand on questionne Sonia sur son métier, elle répond qu'elle a choisi la promotion pour continuer le récit de Sophia. Elle acquiert des terrains qui vivotent d'un passé décevant et y dresse des miracles de verre à énergie positive. Elle sublime des interstices, comme l'a fait Pierre Laffitte quand il a mis le doigt sur ce territoire indécis, pris entre la côte et l'arrière-pays. En mai 2009, pour les quarante ans de la technopole, Sonia a rencontré Laffitte. Une photographie les montre ensemble, le bras du vieil homme passé autour de ses épaules, leurs sourires accordés, ses lèvres épaisses à lui, ses lèvres fines à elle et leurs yeux où brillent un appétit sans cynisme, une gourmandise sincère et réjouie pour ce qui est à venir. Sonia a fait tirer la photographie en trois exemplaires – elle a envoyé le premier à Pierre Laffitte avec, au dos, un mot d'admiration ; donné le deuxième à son père ; installé le troisième sur son bureau. Quand un vendeur hésite à lui céder un terrain, elle fait pivoter le cadre métallique,

Vous savez qui c'est ?

Ça marche à tous les coups.

Pierre Laffitte est la seule version de Sophia que Sonia connaisse. Dans cette version, il n'est pas question de mémoire et encore moins de mémoriel. Dans cette version, il n'est pas question de harkis.

Mais cette version est partielle, soupire l'adjoint quand Sonia le rappelle. Je veux dire, cette version est partiale, non, partielle ? partiale ? Excusez-moi je confonds toujours, disons qu'elle est
incomplète,
lacunaire,
insuffisante,
comme vous voudrez

Sonia, qui ne veut rien, apprend alors qu'avant que Pierre Laffitte ne décide de construire une ville sur le plateau de Valbonne, celui-ci avait déjà été choisi et déjà embrassé,
d'un baiser sans amour,
d'une étreinte contrainte,
mais qui décrétait avec autant de force
que sur ce vide,
on bâtirait.

C'est un soir de l'année 1965, un beau soir qui a déjà assez duré pour les hommes rassemblés autour de la carte d'état-major et qui préféreraient tous être ailleurs en train de faire autre chose, seulement – vie mal faite, fonction, devoir, prérogative –, ils n'ont pas eu d'autre choix que de répondre à la convocation du préfet qui, en les accueillant, a prévenu,

Personne ne quitte cette pièce tant que le problème n'est pas réglé

Le problème.

Tous se penchent sur la carte. Certains désignent des lieux, d'autres les retoquent,
Ici ?
Impossible !
Là ?
Jamais
Des heures passent, la fumée des cigarettes s'amasse, compacte, entre la carte et le rayonnement sourd du plafonnier. Encore un peu et ils n'y verront plus. Mais un homme pose le doigt entre Antibes et Valbonne,
Et là ?
Un vert de forêt s'étire à bonne distance des villes et des villages. Pas de routes, pas d'habitations, aucune infrastructure, rien de précieux. Le maire d'Antibes fronce, celui de Valbonne souffle,
Parfait, dit le préfet
Puisqu'il n'y a rien sur la carte, il y aura, à six kilomètres de Valbonne et à huit d'Antibes, au lieu-dit Pré de Bâti, un hameau de forestage pour les Français musulmans rapatriés d'Algérie.
Problème réglé.

Ce que Sonia sait des harkis, ce sont des reportages d'une à deux minutes, tournés lors de commémorations ou de remises de médailles,
ce sont de lents travellings sur des hommes au visage clos et à la poitrine rutilante de décorations, suivis de contrechamps sur des ministres ou des présidents encombrés de leur prestige,

ce sont des photographies dans des vitrines mal éclairées.
Un paquebot fait escale – à Marseille ? à Toulon ? – il est énorme et sur le quai se presse une foule lestée de valises rafistolées et de balluchons. Femmes en robes à motifs, femmes voilées de blanc, hommes en veste et béret ou portant l'uniforme, enfants de tous âges courant, riant, mangeant, une foule sans but et sans lieu, en attente.
Ce que Sonia sait des harkis, c'est une phrase, toujours la même, phrase de journalistes et d'enseignants fatigués à l'idée d'aborder la séance sur la guerre d'Algérie : ils ont choisi la France. Les harkis ont choisi la France. La phrase répétée à l'identique est le centre magnétique d'une constellation de mots hétéroclites et contradictoires : héros, traîtres, victimes, sacrifiés, braves, malchanceux, délaissés, étrangers, Français. Ce que Sonia sait des harkis c'est cette phrase immuable entourée par ces mots qui ne coïncident pas et ne s'accordent pas davantage avec les images.
Héros assis sur un quai,
Français derrière des barbelés,
braves démunis.
Sonia n'a pas cherché à résoudre ces contradictions. Elle ne les a pas même identifiées, ne s'en est pas souciée tant que les harkis appartenaient à un monde distant. Mais les mots de l'adjoint les précipitent au premier plan de son existence,
sur son terrain,
celui de son accomplissement,
celui qu'à peine cinq minutes de voiture séparent de

l'appartement où elle a grandi – la preuve de ce qu'elle ignore sur les lieux mêmes de son enfance.

Vu depuis le parking qui lui tient lieu de parterre, Garbejaïre est une forteresse orangée. De hauts murs crénelés, un Vival en guise de garde suisse, une porte qui, une fois passée, ouvre sur la place Méjane, seule véritable place de toute la technopole. Quand Garbejaïre a été construit, au milieu des années 1980, Sophia n'avait pas de place. Elle en avait eu, mais les avait perdues – le demi-cercle de la place Sophie-Laffitte était mangé par des voitures et la place Bermond du Haut-Sartoux, le premier village de la technopole, était déformée par une rue qui la coupait en son milieu. La place Méjane fut dessinée de façon à n'être jamais transformée en autre chose ou confondue avec autre chose : un rectangle cerné d'arcades avec en son centre une fontaine à sec et à sa tête, en manière de scellés, une église et une mairie – ou plutôt une annexe de la mairie de Valbonne. C'est là qu'une réunion est programmée d'urgence entre l'équipe d'Azurelect et les élus du conseil municipal. Sonia claque la porte de sa voiture, monte vers le village et débouche place Méjane, face à la Lessiveuse.

Quand le chantier de la place fut initié, les immeubles d'habitation se multiplièrent si rapidement qu'au moment d'ouvrir le concours pour la construction de l'église et de la mairie il ne restait plus qu'une parcelle de quatre cents mètres carrés. On ouvrit quand même le concours et le comité de sélection fut submergé de propositions où de fastueuses églises écrasaient de minuscules mairies. Un seul projet se distingua, celui d'un Cannois nommé Pierre Fauroux, qui proposait de faire s'escalader les deux bâtiments. Il y aurait un cube – la mairie – et par-dessus un cylindre – l'église. La foi et l'administration seraient distinguées par leurs géométries et par leurs voies d'accès – plain-pied pour les services de la mairie, double escalier majestueux pour ceux du Seigneur. L'église-mairie de Fauroux remporta le concours. Centre de Vie, tel devait être le nom de ce bâtiment si moderne que pendant sa construction, ses plans furent exposés au Centre Pompidou et à la Biennale d'architecture de Venise. Les habitants de Garbejaïre le baptisèrent d'un autre nom : la Lessiveuse. Quelque chose, dans ce cercle superposé à un carré, tenait en effet du tambour de machine à laver. Quelque chose dissuadait aussi et, dimanche après dimanche, les fidèles de Sophia prenaient leur voiture et s'en allaient entendre la messe à Valbonne ou Antibes. Ils esquivaient la Lessiveuse comme si, d'être un peu mairie, elle était moins église.

Après dix ans de désert, le diocèse décida d'un chantier éclair et, par un frais dimanche de décembre 1999, cierges, ciboire et sacs d'hosties furent exfiltrés de la Lessiveuse pour prendre la route d'une église toute neuve, bâtie en contrebas du village, une église avec un clocher dressé vers le ciel, des façades blanches, un toit de tuiles et une porte en bois roux. Les prêtres du diocèse dirent leur joie de donner aux fidèles de Sophia une église où se marier sans honte, où baptiser leurs enfants sans que les photos soient sinistres et où recevoir leur service funéraire sans savoir à l'avance que leur cercueil serait brinquebalé aller-retour dans l'escalier.

L'église-cylindre de la place Méjane ferma ses portes pendant qu'au-dessous, la mairie-cube restait active. Une pétition circula pour que l'église devienne une école de dessin, mais Pierre Fauroux fit savoir qu'une école, ça voulait dire des sanitaires, un système d'éclairage, des normes de sécurité, une école, ça voulait dire bousiller un bâtiment dont, rappelait-il, les plans avaient été exposés à Paris et à Venise. Il avait construit une église sur une mairie, mais ne construirait pas une école dans une église sur une mairie. C'était la différence entre un architecte et un transformiste. Avec son étage abandonné, la Lessiveuse devint inquiétante. Les habitants passaient au large en racontant que le double escalier qui montait à l'église désertée était un repaire de trafic et de défonce, qu'il y avait de la pisse dans les coins, de la merde aussi, qui semblait humaine, et des cadavres de bouteilles dont ils ne seraient pas étonnés qu'ils se transforment un jour en cadavres tout court. Aujourd'hui, même à l'heure du déjeuner, quand la place Méjane se couvre de tables en plastique et de parasols rouges et verts, la zone située dans l'ombre du Centre de Vie reste déserte. Les seuls à s'en approcher sont les agents de la mairie ou ceux qu'un rendez-vous oblige.

Sonia passe les portes du bâtiment pour la première fois. À force de l'éviter, elle l'avait imaginé fantastique. Elle y découvre les qualités banales des espaces administratifs, l'atmosphère jaune, les affiches scotchées ou punaisées – formation professionnelle, actualité locale, numéros verts –, le bruit des photocopieurs en fond sonore, accentué de sonneries de téléphone arrêtées par l'invariable « Mairie de Valbonne, antenne de Sophia-Antipolis, que puis-je faire pour vous ? ».

À l'accueil, Sonia demande,

La salle A02 ?

Fond du hall, allée centrale, deuxième porte à droite

Je vous remercie

Il y a une lueur. Sur sa droite. Un éclat ancien, hors de propos dans l'agencement des lieux. Elle tourne la tête pour l'identifier. Une plaque en laiton vissée au mur indique, en lettres gravées, SERVICE DES ARCHIVES. Sous ces mots une flèche, gravée elle aussi, ravissante, avec pointe et empennage strié, l'imitation fidèle d'une flèche jaillie d'un arc plutôt qu'un pictogramme, désigne trois marches qui descendent et un couloir qui file. Sonia s'y engage. Sous ses pas, le lino devient moquette. Elle frôle le mur et le découvre également tapissé. Le tissu étouffe les sons – plus de photocopieurs, plus de sonneries, plus de voix –, absorbe les lumières – plus de jaune. La perspective sourde du couloir se dévide puis bute sur un comptoir surmonté d'une vitre. Assis derrière, un homme attend. Encastré dans la pièce, éclairé par la lumière tombante d'un plafonnier, il ressemble à une idole environnée d'étagères métalliques et de boîtes en carton. En arrivant à sa hauteur, Sonia comprend que la pièce où il se tient est une section retranchée du couloir. Il a suffi d'installer un plexi quelques mètres avant la fin d'un corridor qui ne menait à rien pour créer un service des archives.

Elle se penche vers l'hygiaphone,

Je cherche des informations sur l'ancien camp de harkis de la Bouillide, vous

L'homme rectifie,

Hameau de forestage, madame, on parle de hameau de forestage, c'est le terme administratif, camp c'est un mot, disons,

L'homme cherche,

Sentimental

Sonia répète, incrédule,

Sentimental ?

Je veux dire, camp de la Bouillide ou cité des Roses, comme certains disent parfois, ce sont des appellations familières, voilà, familières, c'est le mot que je cherchais, hameau de forestage, c'est le terme choisi par les Eaux et Forêts pour désigner les soixante-quinze structures du programme d'entretien du domaine forestier lancé après les incendies de l'été 1962,

L'homme parle en fixant ses mains, si bien que ses lèvres et ses narines sont les seules parties expressives de son visage, ses lèvres roses, humides, ses narines qui se pincent quand il inspire. Il poursuit,

vous en avez déjà entendu parler ? Vingt mille hectares brûlés, rien que dans le Var cette année-là, et ça allait recommencer l'été suivant, ça aurait recommencé, vous savez les forêts à cette époque, personne ne s'en occupait plus, c'était des buissons inflammables, alors en 1962, les gens des Eaux et Forêts ont compris qu'il allait falloir débroussailler, élaguer, ouvrir des couloirs coupe-feu, creuser des réservoirs et que pour ça, il faudrait des bras, des milliers de bras, seulement qui allait accepter de s'enterrer au fond de nulle part pour s'occuper des massifs forestiers ? Personne ! Dans les années 1960, c'était pas comme aujourd'hui avec les écolos, les gens voulaient la ville, ou au moins le village. Ce qui a sauvé les Eaux et Forêts c'est qu'au même moment, le ministère de l'Intérieur cherchait où installer les milliers de harkis arrivés d'Algérie et entassés dans des camps militaires, à Rivesaltes par exemple ou à Saint-Maurice-l'Ardoise, mais vous savez tout ça,

Sonia ne sait pas et elle n'est plus sûre, soudain, de vouloir le savoir. Elle jette un œil par-dessus son épaule. La lumière du jour, à l'autre bout du couloir, paraît hors de portée. Quelle idée d'être venue jusqu'ici.

le ministère avait peur de laisser les harkis circuler, s'installer et chercher du travail où ils voulaient, ça paraissait pas correct, ça paraissait dangereux de les laisser libres de leurs mouvements et, en même temps, ça devenait intenable de les garder dans les camps de transit, c'était affreux ces camps, des barbelés, des miradors, mais vous avez vu ça à la télé,

Sonia n'a pas vu ça à la télé. L'homme est si obstiné, si régulier dans son débit et si inattentif qu'elle a l'impression que ce n'est pas lui qui parle, mais l'histoire qui s'est emparée de lui pour se raconter elle-même.

les travaux de foresterie, c'était la réponse parfaite et les hameaux sont nés comme ça, de la rencontre entre deux problèmes capables de se résoudre l'un l'autre, les forêts françaises ont été entretenues et les harkis ont été mis au travail loin des villes, loin des yeux, dans les bois, c'est amusant cette expression, hameau de forestage, parce qu'en disant ça, on imagine des vieilles bâtisses alors que c'était rien de tout ça, c'était du préfabriqué assemblé à la chaîne, tous les hameaux pareils, soixante-quinze je vous disais et, en tout, cinq dans les Alpes-Maritimes, vous savez, personne ne le dit, mais c'est grâce au travail de ces hommes qu'il nous reste des forêts à protéger aujourd'hui

Et vous avez des photos, des archives que je pourrais consulter ?

À peine a-t-elle posé sa question que Sonia regrette d'avoir relancé la machine des lèvres et des narines, mais la réponse est rapide,

Non

Non ?

Il n'y a pas de fonds dédié au hameau… on n'a rien gardé

L'homme se tait, ses yeux vides soudain fixés sur Sonia, bouche et narines au repos, en attente d'une question pour s'animer à nouveau. Elle en profite,

Merci, merci beaucoup

et remonte le couloir à grands pas. Dans son dos, elle entend l'homme répéter ses derniers mots et les changer en question,

On n'a rien gardé ?

À qui parle-t-il ? Sonia évite de se retourner.

C'est un matin de l'année 1966.

Un convoi militaire de quatre camions roule vers l'est, leurs bâches sombres lancées sous le soleil levant. Parvenus à un embranchement, ils quittent la route pour une piste tracée par d'autres véhicules. Le convoi s'enfonce dans la forêt, roule jusqu'à une clairière aménagée en espaliers. Quatre bâtiments sont installés les uns derrière les autres. Toits tôles, murs parpaings, chaque édifice est percé d'une dizaine de portes et du double de fenêtres. Autour, c'est plein d'arbres – des écorces brunes et des écorces pâles, des feuilles drues, d'autres dentelées, des troncs droits ou contorsionnés, des essences de toutes sortes, comme jetées pêle-mêle par un homme qui plantait des arbres décidé à vider son sac, éparpillant en bordel acacias, figuiers, chênes, pins, buissons de mimosa et même, surprise du chef, un groupe d'eucalyptus. Ils sont encore jeunes, le jour où les camions se garent à leur côté, et incapables d'étendre une ombre correcte, mais l'écorce pleure déjà le long de leurs troncs.

Un à un, les moteurs sont coupés et dans l'espace délesté du vacarme monte un silence de corbeaux et de rivière. Celle-ci s'appelle la Bouillide – on a vu des rivières aux noms plus heureux. Les soldats sautent à terre, crient qu'on est arrivés, dénouent les fixations des bâches. À l'arrière des camions sont entassés des hommes, des femmes et des enfants. Les femmes confient les plus petits aux soldats qui les déposent à terre, puis elles descendent, se tournent vers les hommes, bras tendus, pour recevoir les bagages – les cabas, les balluchons, les valises éventrées rafistolées avec ficelle et tendeurs. Quand tout le monde a mis pied à terre, les soldats font l'appel et attribuent un logement à chaque famille. Numéro de bâtiment, numéro de porte. C'est chez vous maintenant.

Les camions s'en vont, les familles restent.

La rivière, les corbeaux. C'est chez eux maintenant.

Les murs en parpaings, les toits en tôle, un potager derrière chaque baraquement et, tout autour, la forêt effondrée en vallées, déployée en collines, tout autour, l'inconnu d'un territoire dont ils n'ont rien choisi. C'est chez vous maintenant. Pendant que les enfants se lancent à la recherche de la rivière, les adultes prennent possession des logements et tentent de faire coïncider les lieux à cette phrase minuscule et qui ouvre des gouffres.

Le soir venu, l'obscurité tombe. Pas une lumière aux alentours. Le vide vivant du plateau se referme sur eux avec des bruissements de bêtes invisibles.

En haut du hameau est installée une maison plus grande que les autres, celle du directeur et de sa femme, deux pieds-noirs choisis parce que l'administration suppose que d'avoir vécu là-bas, ils sauront surveiller ici,

parce que l'administration suppose qu'ils connaissent les coutumes, la langue, les façons de faire des Algériens, voire même de l'Algérien,

parce que l'administration suppose qu'il n'en existe qu'un, répété sans variation. Ceux qui cherchent à trouver le sommeil dans la nuit du hameau viennent pourtant des Aurès, de Kabylie, de l'Oranais, d'Alger ou du Constantinois et n'ont souvent ni langue, ni images communes. Les voilà malgré tout rassemblés. C'est chez vous maintenant. D'un geste, leurs histoires sont saisies et nouées serré autour de cet endroit. S'ils étaient montés dans un autre camion, ils auraient vu la bâche s'ouvrir sur un autre paysage, un autre inconnu dirigé par d'autres pieds-noirs et qui serait devenu chez eux. Ç'aurait été absolument différent et rigoureusement identique.

Ce sont des gens très bien qui n'ont pas eu de chance

Ils ont beaucoup souffert

Ils ont choisi la France et, aujourd'hui, ils attendent notre reconnaissance

Les élus alignent des phrases dans le sens des aiguilles d'une montre. Quand l'élu aux affaires sociales a parlé, l'élu à la culture prend la suite, suivi par l'élu à l'urbanisme qui déclare,

Ils refusent qu'on les oublie et ils ont raison

avant de se reprendre, empêtré,

Enfin je veux dire, on peut les comprendre, ça peut se comprendre,

empêtré comme s'il venait de réaliser que faire construire des bureaux là où ont vécu ces familles était une bizarre façon de s'assurer qu'on ne les oublie pas.

Sonia laisse filer les éléments de langage. Les propositions concrètes viendront, mais avec les élus, ça peut prendre du temps. À la fin du tour de table, trois coups secs sont frappés sur la porte et l'adjoint au maire apparaît. Timing parfait. L'adjoint avance un pied dans la pièce, garde l'autre dans le couloir. De la moitié visible de son visage, il salue l'équipe d'Azurelect,

Merci infiniment de vous être libérés

C'est un demi-adjoint qui parle, mais sa moitié de visage est chaleureuse pour deux et sa moitié de corps expressive pour deux, si bien qu'il semble entier quand il affirme,

Monsieur le maire regrette sincèrement de ne pouvoir être présent, il est retenu à Valbonne et m'a chargé de vous dire combien il apprécie votre bienveillance, il est certain que la question pourra être réglée en bonne intelligence, sans braquer personne, vous voyez monsieur le maire est très sensible au combat des harkis, c'est une cause magnifique et c'est, comment dire, un électorat qui compte sur le territoire. Monsieur le maire est favorable à l'idée d'installer une plaque ou une stèle commémorative sur le terrain de la Bouillide, ce serait un beau geste et, bien sûr, la municipalité en assumerait les frais, il s'agirait simplement de donner votre accord et, de notre côté, nous veillerions à ce que le recours soit levé sans qu'il soit besoin d'aller au tribunal

La proposition concrète est faite – plus rapide et entrebâillée que Sonia ne l'attendait. Le demi-adjoint fait encore quelques phrases, mais Sonia n'écoute plus. Installer une plaque, contenter les harkis, construire. Elle est rassurée. Ce recours passera comme les autres. Les délais pourront être tenus. Azurelect ne perdra ni temps, ni argent. Elle s'est inquiétée pour rien, elle a failli se renseigner pour rien.

L'homme des archives est posté dans le hall. Hors de son local, il semble frêle. Il s'approche de Sonia,

J'ai quelque chose pour vous

et sans l'attendre, il s'élance dans le couloir.

Elle hésite. Pourquoi le suivrait-elle ? Il n'y a plus de raison. Ses collègues se tournent vers elle,

Tu viens ?

Je vous rejoins

Et elle s'engage à la suite de l'homme. Quand elle parvient au bout du couloir, il a repris sa place derrière la vitre. Sonia n'identifie aucune porte, aucune issue. Par quel moyen est-il passé d'un côté à l'autre du plexiglas ? Il tient un livre entre ses mains et le place sous le plafonnier pour s'assurer que Sonia le voie bien,

Je me suis dit que ça pourrait vous intéresser

C'est une édition format paysage, pareille à un livre d'enfant. Sur la couverture, des photographies de Sophia-Antipolis sont reproduites en mosaïque – Sonia reconnaît le bâtiment d'Air France, celui de Franlab, la place Sophie-Laffitte, la SKEMA Business School, les Alpes, un sous-bois. Un titre s'étale en lettres blanches sur les images : *Si Sophia m'était contée, souvenirs d'habitants*.

C'est ma femme qui l'a fait, annonce l'homme, elle a rassemblé des témoignages de gens qui vivent ici, il y a des anciens du hameau de la Bouillide qui racontent la vie qu'ils avaient là-bas, ils décrivent le coin avant et après Sophia, certains sont restés jusqu'au démantèlement du hameau dans les années 1990, ça vous intéressera, je vous le prête

L'homme actionne un mécanisme de tourniquet et la paroi pivote sur elle-même. Le service des archives s'ouvre tout entier, le livre en sort, passe de la main de l'homme à celle de Sonia,

Vous me le rapporterez quand vous aurez fini, je vous fais confiance

et les archives se referment, leur paroi rabattue avec un claquement. Restée de l'autre côté, Sonia tient le livre comme un objet venu d'un autre monde.

Elle retrouve ses collègues devant la Lessiveuse.

C'est quoi ? demandent-ils, mentons pointés vers le livre

Dans la clarté du jour, Sonia jette un œil à l'ouvrage et ne voit plus que la mauvaise qualité des photographies, la typographie ringarde qui imite une écriture manuscrite, le titre pareil au lancement d'un sujet au journal régional. Alors elle chasse l'air de sa main et répond,

Ça ? Rien

Après tout, elle n'en veut pas de ce livre. Elle n'a pas demandé les images, les souvenirs, les vies des uns et des autres. Elle ne le lira pas. Les élus ont dit : une plaque. Une plaque suffira – pourquoi s'encombrer d'histoires particulières ?

C'est en 1967,
c'est la vie qui passe dans le hameau, la vie qui se passe au hameau et dans la forêt alentour,
c'est la forêt qui se modifie à force de gestes. Chaque matin, les hommes quittent les baraquements, grimpent sur les sommets pierreux et blancs, plongent dans les vallées, coupent, arrachent, débroussaillent, dégagent, élaguent, abattent, replantent.
C'est la forêt qui se modifie sans que ça se voie – ça a toujours l'air aussi sauvage, mais ça brûle moins.
C'est en 1968,
un chenil de la SPA s'installe à côté du hameau. Lui non plus ne devait pas être construit trop près de la ville. Lui aussi, nuisance, menace. Le paysage se met à japper.
C'est en 1969,
comment imaginer que dans quelques mois, quelques semaines peut-être, un homme parlera du plateau à un autre, non pas comme d'un vide où on relègue, mais comme d'un espace pour l'avenir, tout proche de Cannes, d'Antibes et de l'aéroport de Nice ? Comment imaginer qu'une voix soucieuse de convaincre soulignera, *Aéroport international*, soulignera, *Deuxième aéroport du pays*, soulignera, *Chef-d'œuvre d'ingénierie* ?

Le père de Sonia triomphe,
Je sentais que ton affaire, c'était pas aussi paradisiaque

que tu le disais, ça fait longtemps que ça n'existe plus un terrain vide et sans problème à Sophia, longtemps qu'ils ont tout bouffé, d'accord il reste des miettes mais si tu les regardes de près, tu t'aperçois qu'elles sont pourries, j'ai senti que quelque chose clochait quand tu m'as montré les papiers de ton terrain, j'ai préféré rien dire, tu avais l'air tellement contente, je voulais pas être celui par qui le malheur arrive, tu aurais pensé que je faisais ça pour t'embêter

Sonia a choisi la promotion pour continuer le récit de Sophia, mais aussi parce que c'était le domaine de son père. Son père : chef de chantier. Sa mère : technicienne chimiste. Ils habitaient à Nice. Un jour, sa mère a vu passer une annonce pour un poste chez Galderma, le laboratoire de L'Oréal à Sophia. Elle a dit qu'elle ne trouverait jamais un job pareil ailleurs, qu'elle était malheureuse dans le laboratoire d'analyses dermatologiques où elle bossait, qu'elle était prête à tout pour ce poste. Son père a répondu que si elle voulait, puisqu'elle voulait, ils iraient à Sophia, que lui de toute façon, il pouvait travailler partout. Sa mère a obtenu le poste, ils ont emménagé à Sophia mais à leur arrivée, c'était la crise. Bulle informatique, guerre du Golfe, les Américains partaient, les immeubles se vidaient, pas question d'en construire d'autres. En plus de ça, il y avait les hectares de terrains protégés, l'interdiction de construire des résidences individuelles, les réglementations, la charte de Sophia : c'était un territoire verrouillé. Le père a conservé ses chantiers à Nice, à Antibes ou à Grasse en attendant que ça passe. Il disait que la crise allait finir, que les installations d'entreprises reprendraient, que de nouveaux terrains seraient déclarés constructibles, que des forêts seraient déboisées pour bâtir des bureaux, des parkings, des hôtels – et même des maisons –, que les règles de la charte allaient se laisser savamment contourner. Il disait que ça se passait toujours comme ça et qu'il n'y avait pas de raison que Sophia fasse exception. Tout ce qu'il annonçait s'est produit, mais quand les grues se sont mises à piquer les collines comme autant de fléchettes plantées droit dans le mille, il n'a pas décroché de contrat. Pas les bons réseaux, pas les bons amis. Les seules personnes qu'il connaissait à Sophia, c'était les collègues de sa femme, des chercheurs, des préparateurs, des chimistes de Galderma dont la spécialité consistait à mettre au point des crèmes et des pommades pour ralentir le vieillissement de la peau, accélérer la cicatrisation des plaies, réduire l'acnée ou l'érythème, traiter les kératoses actiniques, stimuler la production de collagène, réhydrater, apaiser, lisser et autres affaires de surface. La mère de Sonia travaillait en surface, elle le lui avait bien expliqué, Tu vois ma chérie, les produits qu'on fabrique s'appellent des solutions topiques, c'est-à-dire qu'on les applique sur la peau, tu te souviens ma chérie, des trois couches de la peau, tu te souviens, qu'est-ce qui vient d'abord, ce que je touche là, quand je te caresse la main, c'est l'épiderme, exactement, et dessous vient… le derme et encore en dessous, l'hy, l'hypo, l'hypoderme, exactement, eh bien une substance topique ne pénètre pas au-delà de ces trois couches et pourtant, même en surface, elle peut soigner beaucoup de choses, tu comprends ma chérie ? Et Sonia comprenait, elle comprenait qu'il y avait d'un côté sa mère et ses amis qui s'occupaient des surfaces et de l'autre son père qui ne s'en occupait pas, son père qui creusait des fondations, faisait passer des canalisations, des tuyaux et des câbles, coulait des dalles, montait des charpentes et des structures porteuses, donnait corps aux bâtiments mais n'avait rien à faire avec ce qui se passait en surface, la couleur des murs et leur décoration, rien de tout ça ne le concernait et il ne s'y intéressait pas plus que les amis de sa mère ne s'intéressaient à lui.

Quand son père parlait de Sophia, ses phrases s'installaient dans le paysage aussi justement que si elles avaient été fabriquées avec les mêmes matériaux. Quand sa mère parlait de Sophia, elle la changeait en abstraction, elle disait, Je travaille à la Cité de la Sagesse, comme si ça existait, Cité de la Sagesse, comme si c'était autre chose que des mots assemblés pour être imprimés sur des pages de journaux, des mots de surface, des mots sans corps. Sonia a passé son enfance à espérer que son père dirige un chantier à Sophia, parce que, ainsi, les amis de sa mère l'auraient peut-être trouvé intéressant, que sa mère l'aurait peut-être trouvé intéressant. Mais ça n'était pas arrivé. Elle a choisi la promotion pour apprendre à parler comme son père et pour rester à ses côtés, choisir son camp, mais peut-être aussi pour se mesurer à lui, le dépasser sur son propre terrain, lui chef de chantier, elle dans la promotion, lui resté aux portes de Sophia, elle en plein dedans : un chantier au rond-point de la Bouillide, une preuve de ce qu'elle est capable de faire. Que Sonia n'ait à se venger de rien ne l'empêche pas d'avoir des choses à prouver.

Aujourd'hui encore, son père, chef de chantier retraité, reste celui qui sait et qui enseigne. Il suffit de les observer. Il est installé dans le fauteuil, les deux mains sur les accoudoirs, elle est assise sur le repose-pied, les mains rassemblées sous les cuisses et elle l'écoute d'en dessous. Il a vu tout ce qu'elle pourra voir, il sait tout ce qu'elle pourra apprendre. Longtemps, Sonia en a voulu à sa mère de délaisser son père pour ses amis qui parlaient surfaces et se fichaient des fondations. Elle comprend désormais que c'est ainsi que sa mère a échappé au repose-pied.

Du haut du fauteuil, son père la met en garde,

Ne te fais pas avoir, des harkis, j'en ai connu sur les chantiers, ils réclament, ils se plaignent, ils pensent qu'ils sont les seuls à avoir souffert, je leur ai dit quand j'ai travaillé avec eux, je leur ai dit qu'ils n'étaient pas les seuls à souffrir, pas les seuls a avoir été exilés, je leur ai raconté, mes parents, l'URSS, l'exil, mais c'était comme parler à un mur, tu sais pourquoi ? parce qu'ils ne veulent pas s'en sortir, ils restent là, à fixer le passé en attendant qu'on le leur rende, ils ne seront jamais satisfaits de ce que tu leur proposeras, alors ne cède rien, même pas une plaque, sinon avant de t'en rendre compte, tu diras adieu à tes bureaux

Il marque un temps puis,

Je t'ai déjà raconté le chantier de Terra Amata ?

Sonia vacille quand son père lui fait le récit des épreuves qu'il a traversées pour se hisser du bas de l'échelle du BTP à ses sommets. Vents et marées, force du poignet, c'est l'impeccable duel de l'homme – seul – face au monde – hostile. Parfois elle l'admire – le courage de ce père qui s'est fait sans l'amour, les codes et les héritages de ceux qui n'ont pas à commencer. Parfois elle n'entend plus dans ce récit que l'égoïsme de celui qui pense ne rien devoir à personne, se croit vainqueur en solitaire et trouve que sa fille, en venant après lui, s'est facilité la tâche, n'ayant qu'à baguenauder sur un chemin dont il avait écarté les embûches. Dans le récit de son père, Sonia entend des reproches absurdes, Où étais-tu quand je luttais ? Où étais-tu quand la vie était un combat ? Tu n'as déboulé qu'à l'heure des bénéfices, peinarde, veinarde. Elle réussit, elle accomplit, elle s'émancipe et chacun de ses succès renforce son père dans sa conviction qu'elle lui doit tout. Quand elle espère des félicitations, il attend des remerciements.

Terra Amata, c'est le premier contrat du père comme chef de chantier. Personne n'aurait misé sur lui avant, personne n'aurait cru que l'enfant d'immigrés russes parti manœuvre deviendrait chef. Terra Amata est sa réussite mais elle a des pieds d'argile, c'est son couronnement et la justification de sa paranoïa. Le chantier a failli virer au fiasco à cause de ce qui se tenait caché dans le sous-sol du terrain. Des centaines de milliers de millénaires prêts à se liguer contre le père pour empêcher son ascension sociale. C'était sans compter sur sa ténacité : quatre cent mille ans, ça ne lui avait pas fait peur.

Balancée entre admiration et irritation, Sonia écoute, une fois de plus, l'histoire de ce chantier, qui tire son nom d'un terrain situé sur les pentes du mont Boron dans le quartier du port, à Nice. Une résidence de standing devait y être bâtie, le Palais Carnot. Peu après le début du chantier, des effondrements avaient conduit le promoteur à jeter l'éponge pour aller faire faillite ailleurs. Un deuxième promoteur avait repris le projet, une nouvelle équipe avait été constituée et le conducteur de travaux avait imposé le père dans l'équipe. Je te veux chef de chantier, avait-il dit et le père avait topé. Parvenu à ce moment du récit, il soupçonne des soupçons, alors il s'interrompt et dit,

Ça n'était pas une faveur

Rien ne révolte davantage le père que les pistons et les passe-droits, ce qu'il obtient, il le doit à son mérite et à rien d'autre. Il insiste,

Ça n'était pas une faveur, il m'avait vu sur d'autres chantiers, il m'avait vu chef d'équipe, il savait que j'étais bon, alors pour ce chantier, avec les effondrements, il a décidé de faire appel à moi, il m'a dit, Je te veux chef

Le père s'y était mis, il avait choisi les hommes et ils avaient repris les opérations de terrassement là où les précédents les avaient laissées. Il n'avait pas fallu trois jours pour que le sol se couvre d'ossements. C'était en août, août 1965, une chaleur d'enfer, les bagnoles dévalant le boulevard Carnot à toute berzingue en direction des plages et les ouvriers pétrifiés, leurs visages maçonnés de poussière et de sueur, les yeux fixés sur ces os qui hérissaient le sol – à vous faire croire à une tuerie, à un charnier, à vous faire défiler dans la tête toutes les disparitions non élucidées du moment, à vous faire penser mafia et règlement de comptes, à faire peur à tout le monde sauf au père qui, flairant le danger, avait ordonné à ses hommes de reprendre le travail puis, ses ordres n'y faisant rien, s'était mis à supplier – la situation devait être notablement désespérée pour que le père supplie car Sonia elle-même ne l'a jamais vu faire –, lui seul parmi les pétrifiés à répéter, On continue et surtout, surtout, on la ferme. Mais c'était trop tard, l'archéologue en chef avait débarqué, chevelure grise et particule, équipé d'élus, bardé de consignes pour tout arrêter, virer les machines, virer les hommes et s'installer à leur place. Chantier de construction suspendu pour fouille de sauvetage, voilà ce qu'il avait fait inscrire sur la pancarte. Sauvetage, comme si on menaçait les lieux. Le père ne s'en est pas remis. Du jour au lendemain, il a eu interdiction de mettre les pieds sur son chantier. À la place de ses hommes, il a vu débouler des types à casquette et des filles à bob, agenouillés dans la terre, entourés de seaux, de truelles, de pinceaux, vautrés, nez dans la poussière, radio allumée, ils époussetaient le sol avec des poils de loutre le jour durant et, le soir, ils prenaient une douche, se faisaient élégants et s'en allaient raconter aux élus comme quoi ce qu'ils dépoussiéraient remontait à quatre cent mille ans, comme quoi il y avait des ossements d'aurochs, de rhinocéros, des traces d'habitations et même une empreinte de pied humain. Le père répète, goguenard, index levé,

Une empreinte ! Un seul pied, et ils ont pas précisé si c'était le gauche ou le droit, peut-être qu'on faisait pas la différence il y a quatre cent mille ans. Ils ont pris rendez-vous partout en criant qu'ils avaient découvert la trace de pied du premier Niçois et qu'il fallait annuler notre permis de construire, tu imagines ? Arrêter de construire parce qu'en dessous il y a des trucs qui racontent des trucs ? Bien sûr qu'il y a des trucs, il n'y a même que ça, du passé compacté, pose le pied n'importe où et tu écraseras tes ancêtres ou ceux de ton voisin, c'est le destin de l'Humanité de se recouvrir progressivement, c'est même ce qu'on fait de mieux au passé, construire dessus. Ça nous arrivera à nous dans quelques siècles et je suis sûr qu'au moment où une excavatrice tombera sur nos ruines, un archéologue déboulera en gueulant, On arrête tout, on a retrouvé les restes d'un complexe commercial de la première moitié du XXIe siècle ! Et il réussira à tout arrêter. Tu imagines la connerie ? Nous qui allons faire nos courses dans le foutu centre commercial, nous qui connaissons par cœur le système des caddies, les différences entre les bacs du rayon surgelés et les étagères du rayon jardin, on voudrait leur dire, Creusez, bâtissez, ne faites pas attention, ne pensez pas qu'on valait mieux que vous ou qu'on ait quelque chose à vous apprendre, il n'y a rien ici qui mérite d'être préservé, recouvrez-nous, construisez-nous, ne sauvez rien, n'encombrez pas votre monde en déterrant le nôtre… mais nos fantômes ne parleront sûrement pas aussi fort que l'archéologue. Cela dit, nos archéos à nous, ils n'ont pas réussi à faire annuler le chantier du Palais Carnot. On s'est démenés et après un an de suspension, on a

relancé la construction. On a eu de la chance. Aujourd'hui, ça passerait pas. Mais tu sais ce qu'ils nous ont imposé ?
Oui papa, le musée
Exactement, un musée au rez-de-chaussée de la résidence ! Tu en connais beaucoup, des gens qui ont envie d'habiter dans l'immeuble du musée de la préhistoire ? Les gens veulent une terrasse, une vue sur mer, des stores électriques, pas faire voisins avec des fossiles. Si on laisse de côté les surfaces perdues, le promoteur a estimé que le musée avait fait baisser le prix des lots d'au moins dix pour cent, alors fais attention ma fille, avec ton histoire
On parle d'une plaque papa, pas d'un musée
C'est ce que tu crois, tout comme tu croyais que c'était un terrain sans histoire et que ton affaire était faite, mais la mémoire ne se contente jamais d'un écriteau, tu donnes une plaque, on te demande une statue, tu donnes une statue, on te réclame un mémorial, la plaque n'est qu'une étape, si tu cèdes, ils se sentiront autorisés, ils finiront par exiger que tout reste à l'identique, préservé, figé au nom du souvenir, et ton terrain se retrouvera sous cloche, je sais que tu veux être gentille, que tu n'aimes pas dire non, mais personne n'aime les gentils dans ce milieu, on écrase les gentils, et puis de toute façon, il est détruit ce camp, depuis longtemps, alors en quoi ça te concerne ? Construis ma fille, construis
Justement papa, je voulais te demander,

Ce n'est pas pour tenir son père informé de l'évolution du projet ni même recueillir ses conseils que Sonia est venue s'asseoir sur le repose-pied de l'appartement de la rue Paul-Cézanne. Elle est venue poser une question dont elle n'arrive pas à se défaire, une question de dates et de concomitance, une question de coexistence.

Justement papa, je voulais te demander, ce hameau de forestage, tu t'en souviens ?

Les baraquements au-dessus du carrefour de la Bouillide, le long de la route du Parc ? Oui je m'en souviens. Ça méritait pas le nom de hameau… on s'est demandé ce que ça foutait là quand on est arrivés avec ta mère, et puis à force de passer devant, on a arrêté de voir, on ne savait pas que c'était des harkis, on pensait juste… des immigrés… personne n'en parlait à Sophia, et puis, un jour, on a vu que les baraques avaient été détruites, c'était mieux, c'était plus propre

Vous n'avez pas cherché à savoir ce qui s'était passé ?

Pourquoi on aurait cherché à savoir ? Ils n'étaient plus là

C'est un jour d'avril 1969,

un hélicoptère survole le plateau.

Peut-être que les habitants de la Bouillide le remarquent – les yeux plissés dans la lumière, main en visière –, peut-être qu'ils identifient, longtemps après l'avoir entendu, l'appareil dont les pales remuent le bleu du ciel, peut-être qu'ils le voient, mais rien ne leur signale que ce survol va bouleverser les lieux et que là-haut se tient un homme,

penché sur les vallées,
penché sur les collines,
penché sur eux sans le savoir,
un homme qui observe et pense, C'est ici.

L'hélicoptère passe. Rien ne change en apparence – le cours de la Bouillide reste invariable, aucun relief n'est modifié, les ocres, les verts, les gris, les bruns, les blancs conservent leur place. Pourtant, l'hélicoptère a transformé le plateau.

Quand le préfet propose à Pierre de fonder Sophia-Antipolis sur un terrain désert, ignore-t-il l'existence du hameau de la Bouillide, l'oublie-t-il ?

Quand Pierre lui demande,

Quelle est l'histoire ?

L'histoire ?

Du plateau de Valbonne

et qu'il répond, assuré, serein,

C'est simple, il n'y en a pas

quand Pierre insiste,

Et les habitants ?

et qu'il expédie,

Rien, nul, zéro

a-t-il oublié ?

Quand il hésite,

À moins que

est-ce qu'il se souvient ? Et quand il retrouve son calme, est-ce parce qu'il a chassé l'image revenue à la surface – un camp, quelque part, sur le plateau – ou parce que avec une voix de note de bas de page il a reconnu qu'il se trouve bien quelques occupants au lieu-dit Pré de Bâti, mais a aussitôt rassuré Pierre, le convainquant que ce stationnement malencontreux ne saurait pas contrarier l'histoire qu'ils dessinent ensemble dans la salle vide du restaurant,

l'histoire d'une ville pionnière apportant la modernité sur des collines où seule existe une nature sauvage,

l'histoire à peine lancée mais qui a déjà tellement séduit Pierre qu'il ne peut plus y renoncer, ni accepter que s'y ménagent des nuances et des pas tout à fait – pas tout à fait vide le plateau, pas tout à fait sauvage – impossible ! Un lieu n'est pas relativement vide ou à peu près sauvage, il l'est ou ne l'est pas. L'histoire de Pierre tient à ses absolus. S'il nuance, les journalistes, les politiques, les entrepreneurs prendront la fuite car

annoncer qu'on fonde là où il n'y a rien est audacieux,

mais expliquer qu'on fonde là où il n'y a presque rien – exception faite d'un camp de harkis, témoins d'une guerre qu'on ne veut pas nommer et rappels lancinants d'un passé encombrant – est insensé.

Alors Pierre et René-Georges trinquent

À Sophia-Antipolis

À Sophia-Antipolis

et font le vide.

Il n'y a rien sur le plateau de Valbonne. Telle est la première construction de Sophia-Antipolis. Non pas un bâtiment, mais ce vide sur lequel la ville prétend s'élever.

À force de le dire, Pierre finit par y croire si fort qu'en arpentant le plateau, en installant la place Sophie-

Laffitte à quelques centaines de mètres du hameau, il voit les forêts désertes et se jure de les préserver telles qu'il les découvre, c'est-à-dire,

pense-t-il,

croit-il,

dit-il,

veut-il,

sauvages.

Il n'est pas un hectare de cette forêt que les harkis n'aient modifié – débroussaillant, arrachant, élaguant, abattant – mais Pierre, en marchant sur ces terres, en s'y rêvant pionnier, confond la nature sauvage avec son illusion, entretenue chaque jour par les habitants du hameau.

C'est un matin de 1974,

le plateau résonne de ses bruits ordinaires,

bruits serrés autour des baraquements – les voix des femmes, celles des enfants, le caquetage des poules dans leurs enclos à l'arrière des maisons, les objets entrechoqués, les portes ouvertes, fermées ;

bruits dispersés aux alentours – l'aboiement fatigué des chiens, les cris des hommes au travail, le tressautement d'une tronçonneuse.

C'est un matin de 1974 et ces bruits sont balayés par le raz-de-marée d'un seul.

Une explosion écrase l'espace et l'étouffe sous son poids.

Est-ce que c'est la guerre, est-ce que c'est la terre, est-ce que c'est la fin ? Les femmes rassemblent les enfants devant les baraquements. Des petits pleurent par réflexe, des grands par souvenir. Les hommes quittent leur tâche et décident d'aller voir. Quand ils rentrent au hameau, ils ont vu des arbres arrachés, les sols retournés. Ce n'est pas la guerre, disent-ils, c'est un chantier.

C'est par ce fracas de choses détruites que Sophia-Antipolis se présente aux habitants du hameau. Personne ne les a informés qu'une cité de la Sagesse allait se construire à côté d'eux, personne ne les a consultés – et pour cause : on ne consulte pas le vide.

Quelques jours après la première explosion, trois excavatrices s'extirpent de la forêt et se retrouvent, pelle dressée, devant le hameau qu'elles n'attendaient pas.

Ça râle dans les cabines – C'est qui ceux-là, qu'est-ce qu'ils foutent ici ?

Ça s'agace que c'est toujours pareil – On nous donne des consignes et on oublie de nous filer la moitié des infos.

Ça tergiverse, mais pas longtemps – pas là pour ça, pas leurs oignons.

Les excavatrices reprennent leur avancée et s'en vont piquer une tête à quelques mètres des maisons. Pelle enfoncée, terre dégagée, roches éparpillées, elles transforment l'étendue accidentée qui jouxte le hameau en un plan parfait. D'autres machines suivent. On les connaît, les abatteuses, les dessoucheuses, les décapeuses, on les a vues construire la première route de Sophia, les défonceuses, les niveleuses, les épandeuses, les gravillonneuses, on a observé de près leur travail, mais on les voit tout autres maintenant qu'au lieu de cahoter dans le vide, elles longent les maisons du hameau. Vue d'ici, la route qu'elles construisent n'est plus une ouverture héroïque lancée dans le paysage, c'est une frontière, un mur couché qui se donne l'air vaincu, mais circonscrit les baraquements et maintient les habitants de la Bouillide à une place de spectateurs. Installés de l'autre côté de la route, ils regarderont passer la fabrique de Sophia sans y obtenir le moindre rôle.

Les machines étendent, creusent, installent. Bientôt elles construisent un village, le fameux Haut-Sartoux dont les maisons accueilleront les premiers habitants de Sophia.

Les premiers habitants.

Ils arrivent par la route – toujours la même – un jour de décembre 1980 doux comme un printemps. Ils affluent, venus de Bretagne, de Paris, de Lyon, d'Alsace, du Nord ou parfois de la région – ravis que Sophia leur permette d'accéder à la propriété puisque à Sophia, pour l'instant, c'est moins cher qu'en bas, c'est la côte sans le prix de la plage. Ils arrivent au jour fixé pour la livraison du chantier si bien que leurs voitures engorgent la route et y forment le premier embouteillage de Sophia qui en connaîtra tant. Personne ne klaxonne – on est entre futurs voisins. Les fenêtres sont baissées et, coude sur la portière, conducteurs et passagers fouillent le paysage dans l'impatience d'apercevoir les maisons du Haut-Sartoux. Seront-ils déçus ou satisfaits ? Ils font jouer leur expectative comme on lance les dés et tout à coup, ils en sursautent presque, des baraques se dressent en bord de route, lugubres. Instant d'effroi, visages pâlis : ce serait ça, le village ? Instant aussitôt refermé : il n'y a qu'à voir les bâches alourdies d'eau, les poules dressées sur des brouillons de murs, les taudis serrés les uns contre les autres pour comprendre que rien de tout ça n'est fait pour eux. Les nouveaux arrivants respirent, conducteurs et passagers remontent les fenêtres, regardent droit devant et parlent d'autre chose pour ne pas laisser gâcher l'euphorie d'arriver. D'ailleurs, voilà le Haut-Sartoux, voilà les maisons traditionnelles rectifiées par la modernité technique,

les maisons, crépi rose, crépi jaune, encore cernées de grues,

les maisons presque identiques parmi lesquelles ils guettent celle qui sera unique d'être à eux.

Ils remontent au ralenti des ruelles de l'École, des Asphodèles, des Arbousiers – étroites comme des couloirs, repliées comme des labyrinthes –, tournent sur des places Jean-Giono, Marcel-Pagnol ou du Micocoulier. Tout le village emménage, les coffres sont béants, les trottoirs sont cartons, des familles se photographient sur le seuil de leur nouvelle adresse – un enfant installe l'appareil sur le capot de la voiture, ajuste le zoom, enclenche le retardateur et court rejoindre le groupe. Grands sourires dans un rayon de soleil, épaules contre épaules, maris-femmes-enfants gentiment enlacés composent pour la photo une espèce d'armoire sympathique. Peut-être leurs bras étreignent-ils des souvenirs de colères, de violences ou d'échecs, mais ils sourient si grand que rien n'y paraît. Ils ont l'air aussi neufs que leur maison.

Ils entrent en poste chez Air France, chez Galderma, chez Dow Chemical, chez Rank Xerox, chez Rohm and Haas, ils sont hommes pour la plupart – leurs femmes les ont suivis –, ils sont ingénieurs, informaticiens, responsables développement, responsables qualité, ils sont chercheurs et professeurs, déconcentrés depuis les laboratoires parisiens vers les locaux de l'École des mines, de l'INRIA et du CNRS, ils s'amusent des tiroirs qui grincent tant ils sont neufs et téléphonent aux collègues restés à la capitale pour leur raconter la modernité des locaux, la beauté du paysage, la mer à quinze minutes, les enfants ravis, la femme aussi. Tu verrais ces arbres, ce soleil. Ils s'inscrivent au Club innovation et au Club activités nouvelles en rêvant d'intégrer un jour le Club des dirigeants. Ils participent à des séminaires sur des questions d'importance, la télétransmission par satellite des données hydrauliques, la fiscalité approfondie pour chefs comptables, le management dans un contexte anglo-saxon, la déformation plastique des polymères, l'expérience du fast-food aux USA, la perturbation singulière de l'équation de Van der Pol renforcée. Ils rencontrent des collègues venus d'autres entreprises, d'autres champs de recherche et de pays lointains. Ils lisent des articles sur la réussite de la technopole – c'est ainsi qu'on commence à désigner Sophia – et sont aussi émus que si on parlait d'eux. Quand ils empruntent la route du Parc, la première, l'historique – soixante-dix kilomètres heure, l'autoradio à fond –, ils longent le camp mais qu'importe ? Ils ne le voient plus. Ils sont les premiers habitants du plateau et, en dehors d'eux, il n'y a sur ces collines qu'une forêt,

sublime,

sauvage,
déserte,
c'est ce qu'ils racontent aux collègues restés à Paris.

Et vous comptez faire comment ? demande le directeur du développement à Sonia en la regardant par en dessous

Il n'y a ni suspicion, ni inquiétude dans sa question, seulement l'attente d'une réponse qui lui permettra d'inscrire une coche en V devant l'entrée « harkis » de son ordre du jour et de déclarer qu'on passe au point suivant.

Une plaque sera installée pour rappeler la présence des familles sur le terrain entre 1966 et 1992, répond Sonia

Qui finance ?

La mairie de Valbonne

Ça suffira pour lever le recours ?

C'est ce que disent les élus

Eh bien si c'est ce qu'ils disent et s'ils payent, je n'ai rien à redire, on enchaîne ?

Coche en V.

La réunion de service suit son cours, le projet de la Bouillide suit son cours. Bientôt, les revendications des harkis disparaîtront des ordres du jour, remplacées par des points sur l'aménagement paysager, l'avancée des discussions avec les architectes, l'estimation des prix et des charges foncières, les solutions voiries et réseaux, les solutions énergétiques, les solutions de gestion des ordures et de traitement des eaux pluviales. Elles seront entièrement oubliées quand on en arrivera à l'établissement du plan marketing et qu'on réglera les détails du lancement commercial des lots. C'est ce que Sonia voulait, que le hameau replonge dans l'invisible dont il n'aurait jamais dû sortir, c'est ce qu'elle voulait, mais quelque chose persiste.

Comment est-il possible qu'elle n'ait aucun souvenir du camp ?

Ses parents sont arrivés à Sophia en 1985, elle avait six ans – elle a des souvenirs plus anciens que ça,

l'appartement où ils vivaient, à Nice,

le minuscule appartement de sa grand-mère, deux pièces perchées au dernier étage d'un immeuble tout en hauteur,

le jardin de son grand-père et les massifs de framboisiers derrière lesquels elle se cachait quand venait l'heure de partir,

d'autres lieux encore, anecdotiques, des appartements d'amies, des cabinets de docteurs, des salles de classe, des studios de danse, des cages d'escaliers, installés dans sa mémoire comme s'ils avaient compté, – elle n'a pas à chercher, les voilà qui s'avancent en exhibant leur précision comme un trophée.

Pourquoi, dans la profusion de ces lieux, n'y a-t-il aucune image du hameau ?

1985, ils emménagent.

1992, le camp est détruit.

Combien de fois sont-ils passés route du Parc dans l'intervalle, combien de fois, son père au volant, sa mère à côté, sa mère au volant, son père on ne sait où, puis son père au volant et personne à côté, combien de fois ? Descendre à Antibes, en revenir, aller à Cannes, en revenir, à la gare, à l'aéroport, faire une promenade au Cap, une sortie au centre commercial, sept ans, soit trois cent soixante-quatre semaines, soit deux mille cinq cent quarante-huit jours, combien de passages ? Mille ? Deux mille ? Davantage ?

Elle revoit la route – arriver à Sophia, en sortir, sa mère au volant, son père au volant, elle revoit la route depuis la banquette arrière, il n'y a pas de hameau. Comment est-ce possible ? Même si des arbres cachaient les baraques, même si les habitants avaient commencé à quitter les lieux, il a dû y avoir un mouvement, une présence, quelqu'un pour attirer son attention au moins une fois.

Elle n'a pas pu être aveugle indéfiniment.

Elle a vu.

Elle a vu et elle a effacé. C'est la seule explication possible.

Peut-être que c'est sa mère, se retournant vers elle pour murmurer,

Ne regarde pas ma chérie

Ou son père, balayant ses questions tout en fixant la route,

T'occupe

Peut-être que c'est elle-même qui a pris l'habitude de détourner les yeux puis a poussé l'évitement jusqu'à l'oubli, se convainquant qu'il n'y avait rien en bord de route – d'ailleurs, comment aurait-il pu y avoir quoi que ce soit puisque l'histoire disait l'inverse ?

En se tournant vers le directeur du développement pour lui confirmer qu'on peut passer au point suivant, Sonia a la sensation de répéter un geste ancien
– tourner la tête, passer à autre chose –
un geste qu'elle a déjà,
que d'autres ont déjà
– tourner la tête, passer à autre chose –
un geste pratiqué tant de fois par tant de monde qu'il en est devenu innocent
– tourner la tête, passer à autre chose ; c'est comme ça qu'on avance.
Sonia tourne la tête et confirme, point suivant.
Coche en V.
Son père a-t-il déjà éprouvé la sensation qui s'abat sur elle en cet instant ? Connaît-il le bruit que fait l'idée de construire quand elle tombe de triomphe en mélancolie ? Non, s'il était à sa place, son père avancerait sans précautions – il refuserait d'en prendre et ne percevrait aucune raison d'avoir à le faire. Pas un instant, il ne serait troublé. Aucune ride à la surface de son lac. Peut-être y a-t-il une forme de droiture dans cette inébranlable indifférence, se dit Sonia, quelque chose d'admirable, de monumental en tout cas. Son père vit la construction comme une victoire incontestable de l'Humanité sur le monde, du progrès sur l'archaïsme, de la civilisation sur son contraire. Il n'a jamais été partagé, il n'a jamais cherché à composer.
Sonia voudrait conduire le chantier de la Bouillide et se sentir exempte. Elle veut se raconter qu'en construisant, elle n'a pas détourné la tête et prolongé l'oubli,

mais qu'elle l'a considéré et l'a transformé en autre chose.

Pendant que le directeur du développement passe au point suivant, Sonia cherche une façon de ne pas se sentir coupable.

Ce sont les années qui passent au hameau,

et à chacune, les hommes sont moins nombreux à prendre le chemin des forêts.

Rares sont les pères encore capables de ces tâches – trop d'heures, trop de peines, de colères et parfois de regrets, trop d'accidents, de blessures mal soignées, de maux recouverts.

Plus rares encore sont les fils ayant pris leur suite – trop de ces arbres, de cette cambrousse, de ce lointain, trop de ces travaux de force et de ces corvées sous lesquels ils ont vu plier leurs pères et ceux de leurs amis, ils veulent la ville, l'installation, l'argent qui rentre, la fête et la jeunesse des autres, ils veulent tout sauf ce qui les entoure. C'est chez vous maintenant : la belle arnaque.

Pères comme fils se sentent pris au piège. Hors de la forêt, personne ne veut embaucher les pères – trop vieux – et moins encore les fils – qui sait de quoi ils sont capables ?

Alors les femmes prennent le relais. Chaque matin avant l'aube, elles s'en vont, non pas vers les forêts, mais vers les entreprises de Sophia. Elles passent les portes de bâtiments endormis et – gestes ordonnés, minutés – elles ramassent, jettent, époussettent, aspirent, vaporisent, frottent et frottent encore. Elles entretiennent les bureaux comme les hommes le faisaient des forêts : en leur donnant un ordre qu'ils semblent ne devoir qu'à eux-mêmes. Elles effacent toutes les traces, même celles de leur passage. Ainsi, Sophia dépend du hameau mais peut continuer à l'ignorer.

Voilà pourtant longtemps que les habitants sont arrivés, les élus convaincus et les entrepreneurs aussi. Il n'y aurait pas grand risque à reconnaître que le vide sur lequel Sophia s'est fondée ne l'était pas tant que ça. *Nice-Matin* publierait un article, Pierre Laffitte viendrait en visite, le préfet l'accompagnerait, le maire de Valbonne et celui d'Antibes seraient là pour prendre des photos et faire une déclaration à la presse. Il y aurait quelques réécritures, quelques mensonges sans importance – Bien sûr que non, nous n'avions pas oublié la présence des harkis sur le plateau de Valbonne, c'est vous qui n'écoutiez pas messieurs les journalistes –, il y aurait des engagements – reconnaissance, intégration, formation – et, au prix d'un peu d'hypocrisie, Sophia mitigerait ses absolus pour installer dans son récit les relégués du camp. L'histoire serait belle :

une ville sans mémoire accueillant celle d'hommes et de femmes rejetés par l'Histoire,

une ville bâtie pour inventer le futur, réparant le passé,

une ville de la sagesse contre les barbaries de la guerre, une ville du futur contre les atrocités du passé,

c'est Pierre qui le disait,

l'histoire serait belle comme une promesse tenue,

mais l'histoire est manquée,

bousillée, car Sophia se déploie et, bientôt, ignorer le hameau ne lui suffit plus : il la gêne, lui fait honte.

Que voient ceux qui arrivent à Sophia ? demandent des adjoints à leur maire

Que voient les chefs d'entreprise américains, les délégations japonaises, les chercheurs britanniques, sur le bord de la route, de la route, faut-il le souligner, principale ? demandent des maires au préfet

Un camp !

Un camp monsieur le maire, un camp monsieur le préfet, disent-ils sans se soucier de la terminologie inventée par les Eaux et Forêts, décidés à choisir des mots sans détour pour décrire ces baraques défoncées, surpeuplées, des mots justes car les mots ne leur font pas peur, si bien qu'ils répètent, ivres de franchise,

Un camp !

Imaginez donc,

Sophia fleuron,

Sophia succès,

et à côté, planté là comme un drapeau de misère,

un camp !

Il faut liquider ce scandale.

Pour ça, il n'y a qu'une solution,

si simple qu'il est étrange qu'on n'y ait pas pensé plus tôt :

il faut détruire,

détruire le camp.

Le vider, l'abattre, effacer ses traces et vivre comme s'il n'avait jamais existé.

Détruire, c'est grisant – presque aussi héroïque que construire –, c'est trancher net entre l'être et le n'être pas. Pile, je construis ; face, je détruis. Pile, il n'y a rien, il y aura tout ; face, il y a, il n'y aura plus. Détruire, c'est restituer à Sophia le rien par lequel elle pourra être tout,

Qu'en pensez-vous monsieur le maire ? Vous en convenez monsieur le préfet ?

Sonia retrouve le livre sur la plage arrière de sa voiture.

Elle l'attrape, le retourne, remarque un code-barres. Debout contre la portière ouverte, accoudée au toit, elle l'ouvre au hasard. Des récits d'habitants sont imprimés en blocs sur les pages. Ils racontent d'où ils venaient, pourquoi ils sont venus et ce qu'ils ont trouvé – leurs vies, voisines de celle des parents de Sonia, disent une satisfaction homogène. Leurs phrases ressemblent à celles qu'on écrit au revers d'une carte postale de vacances adressée à des cousins ou à des grands-parents. Ils sont bien à Sophia, ils ont des amis, une maison, du travail, des loisirs, la nature à proximité et il fait toujours beau. Mais quand Sonia tourne la cinq ou sixième page, le climat change brutalement,

Mes parents sont venus avec le bateau, en 1962 ; ils sont arrivés à Marseille, ils n'ont pas eu le choix, ils avaient des hectares et des hectares de terre et ils se sont retrouvés ici.

le bleu du ciel se plombe,

Ils sont passés par Rivesaltes.

les phrases ne se ressemblent plus,

Ils sont passés par Saint-Maurice-l'Ardoise. C'était pire que les camps de réfugiés qu'on voit à la télé aujourd'hui.

leurs repères ont changé,

Je suis né à Oran en 1960.

Mes parents ont été dans un premier hameau de forestage, dans le Verdon, avant d'arriver à la Bouillide, le frère de ma mère et tous mes cousins ont été envoyés dans un autre camp, dans les Cévennes je crois, ils nous ont dispatchés pour éviter que les gens d'une même région se retrouvent ensemble, ils nous ont mélangés et ça a causé des tensions.

leurs mots ont changé,

À ma naissance, mes parents habitaient déjà au camp.

leurs mots disent camp, camp de la Bouillide, comme pour Rivesaltes ou Saint-Maurice-l'Ardoise, ils n'adoucissent rien, ne font pas de différence. Parfois, rarement, ils disent cité des Roses,

J'aime bien dire cité des Roses, c'est plus léger et c'est vrai qu'il y avait des roses au début, ensuite elles ont disparu.

les mots sont précis – gros plans, couleurs et sensations –, ils distribuent le récit des harkis en un détail de choses éprouvées, le délestent de ses grands mots – héros, braves, martyrs – et lui donnent corps en le rétrécissant,

C'était quatre bâtiments très longs, presque une centaine de mètres, les uns à la suite des autres, chacun sur son niveau, reliés par des escaliers.

Il pouvait y avoir dix maisons par bâtiment, des maisons collées, chaque famille avait son potager, il y avait le poulailler.

Quand on est arrivés, y avait que les bois autour.
Les enfants allaient à l'école, il y avait un bus le matin et un bus le soir, un pour Valbonne, l'autre pour Antibes, pour les courses, il fallait se débrouiller, la route était loin, personne n'avait de voiture.
On n'allait pas en ville, on ne pouvait pas, je crois que c'était fait exprès.
Il y avait des commerces ambulants qui passaient, le camion orange d'une boulangère, le camion bleu d'un fermier, le camion multicolore du glacier qui venait parfois, on entendait sa musique approcher, c'était un camion magnifique, avec des néons, quand il venait, c'était comme une fête.
On avait la vie dure, les murs des maisons, c'était du parpaing, aucune isolation, et le toit, c'était de la tôle, tous les hivers, ça moisissait, fallait repeindre, on a eu tellement froid.
Un jour, il y a eu le chenil, le pire, c'était pas les aboiements, c'était quand les chiens à bout de forces se jetaient contre leur cage, j'entendais le poids de leur corps jeté sans fin contre le métal. Quand le silence revenait, j'avais peur que ça recommence et si ça ne recommençait pas, j'avais peur que le chien soit mort, je voulais qu'ils se taisent mais quand ils se taisaient, j'étais terrorisée.
Les hommes travaillaient à l'ONF, ils s'occupaient des forêts toute l'année et l'été, en cas de départ de feux, c'était les premiers, avant les pompiers, et sans l'équipement.
Un de mes cousins est mort au feu.

c'est quand ils parlent de mort que les mots sont le plus

parfaitement incommensurables avec ceux des pages précédentes,

Le père d'un de mes amis est mort au feu.

Il y a un enfant qui est mort, écrasé par un camion, mais c'était plus tard, quand ils ont construit Sophia-Antipolis.

et quand ils parlent de Sophia, ils racontent un bouleversement sans espoirs ni promesses,

À partir du moment où il y a eu Sophia, tout a changé. D'abord on a continué à vivre pareil mais au bout de quelque temps, on nous a dit qu'il allait falloir nous enlever d'ici parce que ça présentait mal, le camp. Nous enlever d'ici, comme si on avait choisi d'y venir !

Avec cette route, on se sentait exhibés et invisibles en même temps.

Y en a qui ont dit que le camp était un peu sauvage, la vérité c'est que ce n'était pas vrai, on juge les gens sans les connaître.

On gênait.

À Sophia, il y a cinquante-huit nationalités qui viennent travailler ou étudier, il y a des gens importants. On nous avait parqués là pour qu'on nous voie pas et maintenant qu'on était visibles, il fallait nous faire disparaître.

C'était pas dit clairement au départ, c'était des suggestions, des demandes et puis petit à petit, on nous a rendu la vie impossible, par exemple, les bus qui nous transportaient sont devenus de plus en plus petits. On a fini avec des bus cellulaires, grillagés, avec des gyrophares. La commune disait que c'était tout ce qu'il y

avait de disponible, on protestait pas mais on aurait préféré avoir un bus comme le bus de tout le monde.
D'abord on nous cache, on nous met dans les bois, et quand ça devient intéressant, on nous écarte.
Quand mes parents ont quitté le camp, on leur a dit « vous allez devenir propriétaires ». Ils le sont toujours pas.
C'était de la violence sans les coups mais de la violence quand même.
Est-ce que c'était trop demander, après tout ce qui s'était passé, tout le travail pas payé, l'exploitation, sans parler du reste, d'avoir un endroit qui nous appartienne ?
En 1986, on a quitté le camp, on est venus dans les HLM de Garbejaïre.
On est restés à la Bouillide jusqu'au bout, on est partis les derniers, on s'est dit qu'on n'avait rien à perdre et que pour la première fois, on allait s'opposer.
Au camp ou à Garbejaïre, c'est un peu la même chose parce qu'au bout du compte, on n'a pas été intégrés, même ceux qui ont eu des appartements sur la place Méjane ont pas été intégrés.
La Cité internationale de la Sagesse s'arrête à notre porte, on est restés des étrangers parce qu'être à Sophia, c'est pas y habiter, c'est travailler dans les entreprises, et pas pour faire le ménage.
Bien sûr, il y a eu des rencontres, des gens qui se sont intéressés à nous, des gens qui nous ont aidés, qui ont voulu nous écouter, mais pas tant que ça.
Au camp, on avait de l'espace, pour les fêtes, les

mariages, on vivait comme on voulait, on était tranquilles.

C'était sympathique le camp, c'était bien.

Mes parents vivaient mieux à la Bouillide qu'à Garbejaïre. Si je pose la question à mon père : est-ce que tu regrettes là-bas ? il dira oui, oui pour la Bouillide et surtout pour le bled.

Au camp, on se connaissait tous, on était ensemble alors qu'ici.

et soudain, cette phrase,

Ces baraques, ça faisait penser à des cages à lapins, ils ont bien fait de tout raser.

cette phrase, Sonia la relit,

Ils ont bien fait de tout raser.

cette phrase ouvre une brèche dans le mur des regrets. Sonia y colle son œil, elle voudrait voir au travers. À cet instant, une goutte tombe sur le toit de la voiture, une goutte glisse dans son cou. Les nuages s'effondrent. Elle s'engouffre sur le siège arrière, claque la porte et reste là. L'averse a gagné le ciel. Sonia ne pense plus aux détails de choses éprouvées, à la violence et au récit devenu corps, elle pense à cette phrase, à ce qui ne colle pas, c'est comme ça qu'elle le formule, ça ne colle pas, il y en a qui regrettent, il y en a qui se réjouissent, il y en a qui disent, On était bien, d'autres, On ne pouvait pas vivre et il y a même une voix qui déclare, Ils ont bien fait de tout raser.

Avec cette phrase, la mémoire de la Bouillide n'a plus le lissé inaltérable d'un monument face auquel Sonia n'avait pas d'autre choix que la culpabilité. Il y a des failles, des dissonances, elle peut s'y glisser.

Quand sa mère est partie, Sonia est restée seule avec son père dans l'appartement de la rue Paul-Cézanne, sur les bordures de Garbejaïre. Elle n'était presque pas triste, elle n'avait pas la place de l'être. Le malheur de son père occupait tout l'espace. La seule chose qui faisait souffrir Sonia, c'était les vides laissés par les meubles que sa mère avait pris. Tant qu'elle restait dans le plein, tout allait bien, mais si elle regardait à l'endroit de l'étagère absente, de la table qui n'était plus là, du fauteuil disparu, elle était saisie. Sa douleur avait les contours des objets manquants, c'était un chagrin de formes vides. Et puis, un jour, son père avait acheté une étagère, une table, un fauteuil. Il avait acheté un meuble de télévision, un tapis, des poufs, le flipper de collection dont il rêvait depuis des années, une glace ovale dans un cadre doré. Il avait étouffé l'absence sous les objets et la tristesse de Sonia n'avait plus trouvé refuge nulle part. Elle lui en avait voulu de chasser les absences où logeaient ses souvenirs, puis le temps passant, elle avait été soulagée que cet appartement cesse de répéter le départ de sa mère et la tristesse de son père, soulagée d'y découvrir une scène prête à se peupler de possibles nouveaux.

Malgré l'incommensurable des récits, Sonia pense qu'elle sait ce qu'éprouvent les anciens habitants de la Bouillide quand ils reviennent sur les lieux ; qu'elle sait ce qui les attache à ce terrain et ce qui doit être dissout.

Elle a trouvé son rôle.

Son bâtiment ne sera pas une injure au passé des lieux,

il ne détruira pas ce qui l'est déjà,
il proposera de résoudre une douleur,
il effacera les traces d'une injure,
les traces d'un mépris,
les cages à lapins,
il sera rédemption.

Trouvant les mots, Sonia trouve ses gestes, elle ne va pas recouvrir, elle va réparer, elle ne va pas nier, elle va libérer.

À cette pensée, elle se sent légère – elle vient de dissoudre sa culpabilité.

Sonia arrête sa voiture sur le parking, attrape le livre sur le siège passager, monte au village, traverse la place, passe le seuil de la Lessiveuse et, au moment de bifurquer vers le service des archives, découvre que la lueur manque.

La plaque en laiton a été décrochée, un panneau de bois barré d'un ruban de chantier condamne le couloir.

Elle se dirige vers l'accueil, tend le livre à la femme qui s'y trouve,

Je peux vous confier ça ? Il appartient au service des archives

La femme prend le livre, le retourne. « Safia » indique le badge épinglé à sa chemise.

Qu'est-ce que c'est ? demande-t-elle en retournant le livre entre ses mains

Des témoignages d'habitants de Sophia

C'est bien ?

L'objet est un peu naïf, mais c'est intéressant

Safia feuillette. Sonia a soudain envie de justifier sa lecture.

Je cherchais des informations sur les habitants du camp de la Bouillide

Que quelqu'un sache qu'elle s'est renseignée, qu'elle s'est souciée, que quelqu'un puisse témoigner en sa faveur, attester sa bonne foi. Comme elle n'est pas certaine que la femme connaisse l'histoire, elle explique,

On n'en parle jamais, mais c'est un camp où ont vécu des familles de harkis, juste au-dessus du rond-point de la Bouillide

La femme repose le livre comme s'il avait perdu le charme qui l'avait poussée à l'ouvrir.

Et vous avez trouvé ce que vous cherchiez ?

Oui, je crois

Très bien, fait la femme

Et Sonia ne saurait dire si elle lui signifie que sa demande sera prise en compte ou si elle approuve l'aboutissement de ses recherches. Le téléphone sonne, la femme décroche, « Mairie de Valbonne, antenne de Sophia-Antipolis, que puis-je faire pour vous ? », la conversation est terminée.

Dehors, le ciel est à nouveau bleu.

En 1985, un marché est proposé aux habitants de la Bouillide : évacuer le camp en échange d'un bail dans une HLM de Garbejaïre.

L'offre est irrésistible. Pourquoi tant de familles refusent-elles de partir ? Voilà ce que se demandent, assis à leur bureau, des adjoints, des maires et plusieurs préfets successifs.

Regards glissant sur les photographies encadrées au mur,

regards glissant et mains croisées devant la bouche,

réfléchissant comme on réfléchit quand on dirige,

réfléchissant et butant, c'est irritant, sur la même, invariable question,

Pourquoi refusent-ils de quitter les lieux ?

À leur place, se disent les adjoints, les maires et les préfets, ils n'hésiteraient pas : ils abandonneraient ces taudis et choisiraient l'appartement.

À leur place, croient-ils savoir, comme le croira Sonia, bien des années plus tard.

À leur place, eux qui n'y sont pas puisqu'ils sont précisément assis à leur bureau et que depuis leur bureau, précisément, ils décident.

Ils décident donc, en 1986, d'envoyer les huissiers.

Deux familles quittent la Bouillide – poussées par la crainte.

Ils décident, en 1987, de couper le service de bus.

Trois familles s'en vont – avec l'espoir de trouver mieux ailleurs.

Ils décident, en 1988, d'envoyer des machines pour abattre les habitations déjà évacuées. Façon d'anticiper, justifient-ils.

Quatre familles s'en vont – effrayées de devoir vivre dans les décombres des autres. Quatre familles d'abord, puis de plus en plus en 1989, en 1990, en 1991 – la peur, l'espoir de trouver mieux ailleurs, l'effroi, la lassitude. À chaque fois, les machines interviennent et la famille qui part augmente la ruine autour de celles qui restent.

En 1992, seules deux familles vivent encore sur la parcelle.

Pourquoi refusent-elles de quitter les lieux ? se demandent encore des adjoints, des maires et un préfet.

La réponse leur a pourtant été donnée, formulée par lettres, délégations et pancartes installées le long de la route du Parc : la proposition de 1985 ne leur convient pas. Après ce qu'ils ont accepté, après ce qu'ils ont fait – héros, braves, martyrs –, obtenir en échange de leur départ le droit de louer un appartement résonne comme une insulte. Ils l'ont dit aux adjoints, qui l'ont répété aux maires, qui l'ont rapporté au préfet : qu'on leur donne un endroit où vivre, qu'on le leur cède, qu'on les rende, enfin, propriétaires d'un lieu dans ce pays, et ils quitteront le camp.

Mais les hommes assis à leurs bureaux continuent à se demander pourquoi, préférant fantasmer des motifs cachés que de considérer une revendication, préférant envoyer les huissiers, couper le service des bus, commencer la démolition. Et puis un jour, brusquement – sans doute parce qu'il ne reste que deux familles à satisfaire pour en finir –, ils entendent et ils consentent. Il y a des terrains libres à proximité de Valbonne, du côté de la déchetterie, des maisons y seront construites et données aux derniers habitants du hameau.

En 1992, les deux familles qui y vivaient encore quittent les baraquements.

À peine sont-elles parties qu'une tractopelle apparaît sur la route du Parc. Tache rouge surmontée d'un bras sombre, elle avance lentement. Les voitures retenues dans son sillage klaxonnent autant qu'elles peuvent et quand l'engin arrive à la hauteur du camp, une fanfare l'accompagne. La tractopelle quitte la route, libère le trafic, cahote sur le terre-plein, décrit un demi-tour, s'approche en marche arrière, sa pelleteuse dressée par-dessus les baraques comme une main sur le front qu'elle absout. Le geste est ralenti, presque doux. La main se pose, les parpaings tombent. Nuage de poussière. Soupir de fin. La tractopelle arrange les gravats en un tas régulier. Plus rien ne distingue la ruine d'un chantier.

Le terrain est coincé entre trois routes qui le taillent en flèche. Sonia s'y rend l'après-midi, après la pause déjeuner, avant la sortie des bureaux, quand les voitures de Sophia sont alignées sur les parkings et les corps à leur bureau. Elle se gare devant la jardinerie, traverse la route du Parc en oblique, passe entre les acacias. Elle veut en avoir le cœur net. Maintenant qu'elle sait, le terrain lui semblera-t-il changé ?

Elle regarde autour d'elle.

Elle voit ce qu'elle a toujours vu.

Terrain vacant, fort potentiel. Les acacias, petits, les eucalyptus, immenses, décatis, les chênes, les ronces où se prend son pantalon quand elle se déplace pour changer de point de vue. Quatre plans en restanques des murets, des volées de marches en béton, les restes d'un carrelage caché sous les herbes, des bouts de parpaings dévalés dans les creux. Résidu de misère déjà détruit. Rien de précieux, rien de précis. Elle contourne le massif d'eucalyptus, l'horizon se dégage, le rond-point apparaît. Une femme se tient debout devant un tas de pierres à l'extrémité de la parcelle. Elle lui tourne le dos. Sonia la salue d'une voix haute et projetée. La femme se retourne. C'est Safia.

Sonia s'arrête, main tendue entre les herbes hautes, à la fois incrédule et prête à se réjouir d'une coïncidence dont elle pourrait faire un signe. Elle sourit,

C'est drôle, je ne m'attendais pas à vous retrouver ici. Vous savez, le camp dont je vous parlais, il était là, juste là

Je sais, répond Safia, j'y suis née. Et vous, qu'est-ce qui vous intéresse ici, vous écrivez un livre ?

Non, répond Sonia qui voudrait pouvoir se cacher derrière sa propre voix, non je construis un immeuble

Azurelect ?

Oui, je suis en charge du projet de la Bouillide

C'est pour ça que vous vouliez des informations sur nous ?

Sonia ne trouve rien à répondre. Ce nous inattendu la fait vaciller. En une simple syllabe, il métamorphose le corps singulier de Safia, l'évase en un pluriel, l'agrandit tandis que Sonia sent son corps à elle s'amenuiser et devenir ridicule à force de singulier.

Safia reprend,

Je préside l'Association des harkis de la Bouillide. Vous nous connaissez, nous avons déposé un recours contre votre projet

À la tête de l'Association des harkis, Sonia imaginait un homme, un patriarche. Safia la stupéfie et la rassure.

Une femme, de son âge à peu près, une femme, gentille sûrement, compréhensive, émotive, dénuée des signes physiques de l'autorité devant lesquels il arrive encore à Sonia de capituler – une voix, une carrure, un certain usage de l'affirmative... Safia ne peut pas être une militante, une dogmatique, elle ne fait pas de politique, elle cherche simplement à protéger des souvenirs, des histoires héritées de sa mère ou de sa grand-mère. Sonia n'a pas fait le tour complet du visage de Safia qu'elle croit déjà savoir ce qu'elle est et ce qu'elle n'est pas. Le chantier comme rédemption, la réparation plutôt que la négation : il faut qu'elle explique à Safia. Déjà, des mots lui viennent, trop nombreux, trop rapides, mêlés de je et de moi. Elle pressent qu'ils manquent de retenue mais veut les dire quand même car elle en est sûre, elle pourra convaincre Safia de la justesse de ses intentions, elle pourra lui expliquer pourquoi il faut cet immeuble et pourquoi le construire n'est pas une cruauté, alors elle se lance et dit,

Vous savez, moi aussi je suis très attachée à cet endroit. Moi aussi j'ai grandi ici, enfin pas ici exactement, mais pas loin, au Haut-Sartoux

Elle entend ses phrases faire des maladresses, mais elle continue, elle va démontrer à Safia que le terrain sortira grandi de l'opération, que le projet sera respectueux des lieux, elle la surprendra en lui disant qu'elle s'est entendue avec les associations de défense des forêts pour que soient conservés les eucalyptus, Les eucalyptus de votre enfance pourra-t-elle glisser. En cet instant, Sonia en est sûre : ses arguments sont irrésistibles. Pour mieux prendre son élan, elle répète,

Moi aussi je suis très attachée à cet endroit

Et alors qu'elle s'élance, Safia l'interrompt, brusque,

Pas moi

La piste s'effondre sous les pieds de Sonia. Plus de repères, plus de pronostics. Pas attachée à cet endroit ? La présidente de l'Association des harkis de Sophia-Antipolis – pas attachée à cet endroit ? Alors quoi ?

Safia reprend,

Comment est-ce que je pourrais y être attachée avec les souvenirs que j'y ai ? Peut-être qu'en faisant semblant d'oublier le pire, je pourrais ressentir une nostalgie, mais de l'attachement jamais... Même les plus fous ne s'attachent pas à la misère

Safia parle vite, ses yeux fouillent les herbes et parfois, sans prévenir, remontent jusqu'à ceux de Sonia pour s'y fixer,

J'ai lu les témoignages du livre que vous avez rapporté l'autre jour, j'ai vu que certains disaient qu'ils regrettaient le camp. S'ils regrettent ça, si les années qu'ils ont vécues ici sont plus douces que celles qu'ils ont passées depuis, ailleurs, alors c'est terrible, mais je suis sûre que même eux, ce n'est pas de l'attachement qu'ils éprouvent

Et qu'est-ce que c'est ? interrompt Sonia – sa voix est brutale, elle demande des comptes qui ne lui sont pas dus – rien ne devrait se passer ainsi.

Je ne sais pas, poursuit Safia, la réponse appartient à chacun. Quand mes parents ont refusé de quitter le camp, ce n'était pas par attachement, mais parce qu'occuper les lieux était le seul pouvoir qu'ils aient eu. Quand nous déposons un recours, ce n'est pas par atta-

chement non plus. On ne se bat pas pour sauver cet endroit. Les gens croient qu'on se cramponne au passé, qu'on gratte nos plaies pour éviter qu'elles cicatrisent, ils nous disent d'aller de l'avant. On ne fait que ça, aller de l'avant. En déposant un recours, on ne se bat pas pour conserver les choses telles qu'elles sont, on se bat pour qu'elles changent, pour que l'histoire des harkis échappe à l'invisible. Vous par exemple, vous avez vécu juste à côté de nous, vous connaissez notre histoire ?
Oui, à peu près, je crois, mais
Exactement, vous la connaissez à peu près. Comme tout le monde, comme moi d'ailleurs, pendant longtemps, ma propre histoire je ne l'ai connue qu'à peu près puisque personne ne me la racontait, puisque mon père refusait de me la raconter. Votre père, il vous a raconté son histoire ?
Oui
Le mien, jamais. Personne ne veut raconter l'histoire des harkis, ni ceux qui l'ont vécue, ni ceux qui l'ont causée, et pourtant tout le monde se plaint de l'avoir trop entendue, tout le monde juge qu'elle prend trop de place et qu'il faut tourner la page. Mais on ne tourne pas une page restée blanche. Qu'est-ce que vous avez pensé quand on vous a parlé du recours, vous vous êtes dit encore eux, encore les harkis, jamais contents, toujours à se plaindre ?
Certainement pas, d'ailleurs je ne savais même pas que des harkis avaient vécu à Sophia
Vivent à Sophia, reprend Safia, des harkis et des enfants de harkis vivent à Sophia, ça se passe au présent, on existe au présent et rien de notre passé n'a été résolu.

Qu'est-ce que vous savez des harkis, c'est quoi votre à peu près ?

Instant de panique. Seules des formules préfabriquées viennent à l'esprit de Sonia. Elle s'y accroche en espérant faire illusion. Elle dit anciens supplétifs de l'armée française, elle dit, hommes courageux, pleins d'honneur, elle avance de mot absurde en mot creux, elle dit

Des hommes qui ont choisi la France

Vous y croyez ? coupe Safia

Comment ça ?

Vous pensez qu'on choisit le camp d'un pays qui vous domine depuis cent ans et qui a tous les moyens de vous écraser ? Vous pensez qu'on choisit quand on agit sous la menace et que partout où on regarde, on risque la mort ? Vous savez pourquoi mon père ne voulait pas me raconter la guerre et l'indépendance ? À cause de la terreur. Et ce qui vaut pour lui vaut pour tous les autres pères du hameau. C'est pire que tout la terreur, ça détruit et ça ne s'en va pas, comme un virus qui ne quitte jamais le corps où il s'est installé. Le silence est ce que nos pères ont trouvé pour vivre avec la terreur. Ils ont cru que c'était le meilleur moyen de ne pas nous la transmettre. Bien sûr, ça n'a pas marché, la terreur se transmet même par le silence, par le silence et par la honte. Je crois que cette connaissance de la terreur est la chose qui nous distingue le plus fondamentalement, vous les habitants de Sophia et nous, ceux du camp. Plus que le dénuement, plus que la misère. De notre côté de la route, on vivait avec la terreur. De votre côté, c'était quoi ? La culpabilité ? Ce n'est même pas certain, peut-être, seulement, l'indifférence. C'est léger l'indifférence, ça se porte bien. Si vous saviez comme la terreur est lourde, comme elle enfonce. Notre histoire est celle d'une terreur recouverte de honte sur laquelle on a mis de l'indifférence sur laquelle on a mis de l'oubli. On devait disparaître, voilà ce qui était attendu de nous, qu'on disparaisse de tout et tout le temps, qu'on disparaisse de la mémoire, qu'on s'efface de l'histoire, qu'on s'efface des lieux, que nos maisons soient cachées derrière les arbres, que nos gestes soient petits quand les vôtres étaient grands, qu'on se fonde dans le paysage et qu'on n'y fonde rien, c'était ça notre peine, disparaître, et on devait l'exécuter nous-mêmes. Alors si on lutte aujourd'hui, ce n'est pas pour conserver, c'est vous qui conservez en construisant, vous qui perpétuez. Nous, on déblaye les couches d'oubli et d'indifférence pour arriver jusqu'à la couche de honte pour enfin atteindre celle de terreur. Vous n'avez pas idée du travail que ça demande

Safia s'accroupit, reforme le petit tas de pierres à ses pieds, ramasse un panneau de bois tombé dans les herbes.

Qu'est-ce que c'est ? demande Sonia

Une plaque provisoire, en attendant la vraie

Les inscriptions ont été noyées par la pluie de la veille. Les lettres sont devenues flaques. Seules les verticales du h et du i de harkis ont résisté. Les obliques, les courbes et les horizontales sont dissoutes.

Safia relève la tête,

Vous avez vu les panneaux plantés au bord des routes ? Les totems ?

Vous avez lu ce qu'il y a écrit dessus ? « Bienvenue à

Sophia-Antipolis, ici le futur a trouvé ses racines ». C'est une blague, c'est un lapsus changé en slogan. Sophia est obsédée de ne pas avoir de passé, elle a tenté de s'en faire un en s'extirpant un nom antique, elle fête ses dix, ses vingt, ses cinquante ans, avec l'espoir que chaque dizaine sera celle qui la rendra historique, et maintenant, elle se donne le futur pour passé ! Elle se contorsionne jusqu'à l'absurde pour se faire une histoire, mais elle refuse celle qu'on lui propose, elle nie notre existence alors que nous sommes le passé de Sophia, ses racines si elle veut, sa ligne généalogique directe, c'est fou quand on y pense, soi-disant il n'y avait rien quand Sophia a été construite, alors qu'il y avait nous ! Ceux qui ont construit Sophia ont réussi à rejouer parfaitement le scénario de la colonisation à l'intérieur du territoire français. S'installer et dire, C'est à moi, s'installer et dire, Y a personne. Fascinant. Vous savez que le modèle de M. Laffitte pour Sophia-Antipolis, c'était Rome ? Eh bien à sa création, Rome n'était pas la ville d'un seul peuple, c'était une ville ouverte, peu importe d'où on venait, du moment qu'on y entrait sans armes, on devenait romain. C'est dommage que Sophia se soit si peu souciée d'imiter celle qu'elle s'était donnée pour modèle

Vous ne trouvez pas ça magnifique ? s'entend dire Sonia

Safia se redresse,

Quoi ?

Et Sonia répète,

Vous ne trouvez pas ça magnifique ?

Mais ce ne sont pas ses mots, ils lui viennent d'ailleurs,

elle ne comprend pas d'où, ils lui viennent d'un autre.
Elle se précipite,
Je dois y aller
et prend la fuite, poursuivie par la phrase,
Vous ne trouvez pas ça magnifique ?
répercutée dans son esprit, comme venue de nulle part.

Vous ne trouvez pas ça magnifique ?
Je ne sais pas, il y a un mort, un meurtre, comme s'il fallait tuer pour que naisse une ville
C'est vrai, mais ce n'est pas mon point

De votre côté, c'était quoi ? La culpabilité ?
Sonia a conduit directement jusque chez son père. Elle va lui demander.
Il vous a raconté son histoire ?
D'aussi loin qu'elle s'en souvienne, son père est assis – sur le rebord de son lit d'enfant à l'heure d'aller dormir, sur une chaise à la table de la cuisine à l'heure du goûter ou après le dîner, dans le fauteuil où il s'assied encore aujourd'hui et passe un temps toujours plus long et toujours plus lent – son père est assis et il lui raconte sa vie, composant pour elle un cycle d'images frappantes et colorées comme autant de vitraux. Elle écoute, le visage baigné de leur lumière héroïque. Couleurs et motifs sont sertis avec précision. Le cadrage est immuable. L'exil, l'arrivée, le dénuement, le travail, les

efforts, l'ascension, la rencontre avec sa mère, la conquête. Elle sait beaucoup de choses de la vie de son père et de ce beaucoup, elle a souvent fait le tout. Mon père me dit tout, il me raconte tout, il m'a tellement tout raconté qu'il se répète. Elle sait pourtant qu'il contourne et que, dans l'intervalle de ses récits, persistent des caches de silence. Par exemple le temps passé en Algérie dont il ne dit rien, excepté le début, en 1960, quand il avait dix-sept ans, qu'il travaillait depuis ses quatorze ans à l'usine, comme tourneur-fraiseur et qu'il avait demandé à s'engager avant l'âge légal. Il n'avait pas eu peur de la guerre, mais peur qu'elle se termine avant qu'il puisse y prendre part et montrer que le fils d'immigrés qu'il était, constamment sommé de justifier son appartenance au pays choisi par ses parents, pouvait être plus français que les autres, plus patriotique que les enracinés depuis dix générations qui suppliaient qu'on leur accorde un report afin de poursuivre leurs études ou manœuvraient pour rester stationnés en métropole. Il a raconté à Sonia la feuille de route, la convocation au camp militaire de Rivesaltes, le départ pour Marseille et le bateau jusqu'à Alger – rebours anticipé du trajet des harkis. Il a décrit l'apparition d'Alger, scintillant blanc sur le bleu de la mer, mais passé cet éblouissement, silence.

Il est arrivé que Sonia lui demande,

Papa, tu as tué des gens ?

Il a répondu,

On n'était pas là pour ramasser des pâquerettes

Qu'elle lui demande,

Tu as torturé ?

Il s'est impatienté,
C'était pas du travail de bureau
Elle a voulu savoir, quel stationnement, quelles fonctions.
Il a esquivé.
Elle l'a questionné sur ses faits et gestes.
Il s'est tu.
Rien ne sert de recommencer. En montant l'escalier qui conduit à l'appartement, la tête encore occupée des mots terreur et culpabilité que répétait Safia, elle pense qu'elle n'a jamais interrogé son père sur ses sentiments. Non pas, Qu'as-tu fait ? mais, Qu'as-tu éprouvé ?
Assise sur le repose-pied, elle demande,
Tu as eu honte ?
Sa question a l'effet d'une projection acide sur le visage du père. Les lèvres disparaissent, les mâchoires se serrent, les yeux s'ensevelissent, la face entière se rétracte et prend une forme que Sonia ne lui a jamais vue – celle de la culpabilité ? Mais aussitôt, le visage s'ébroue, retrouve ses proportions, devient vaste, et la voix s'élève, irritée, sûre d'elle, connue, impérative, sans faiblesse, la voix qui n'a rien à apprendre et qui jamais ne concède ou n'admet,
C'est encore tes affaires de harkis ? C'est tes affaires de harkis qui te font poser des questions pareilles ? Je t'ai dit de passer à autre chose, tu vas te faire intoxiquer
Non papa, ce ne sont pas mes affaires de harkis, c'est ton histoire, c'est ça qui
Exactement, c'est mon histoire, pas la tienne, peut-être que je te raconterai un jour mais là j'ai pas envie,

et puis tu sais combien de temps a passé ? Pourquoi je me souviendrais de tout ça ?

Parce qu'on n'oublie pas une année

Deux années, pas une, ils n'arrêtaient pas de prolonger la durée du service, on n'en voyait pas le bout. Et bien sûr que si, on oublie, tu verras quand tu auras mon âge, il y a des années qui disparaissent, comme ça, d'un coup, sans qu'on s'en aperçoive, on perd des lieux entiers, des personnes, il y a des gens qui disparaissent, des gens auxquels tu tiens, dont tu es sûre de te rappeler pour toute ta vie, qui s'effacent si complètement que tu ne t'aperçois même pas que tu les as oubliés

Papa, est-ce que tu as eu peur quand tu étais en Algérie, est-ce que tu as connu la terreur ?

Qu'est-ce que tu veux que j'en sache ? Peur de quoi d'abord ?

Peur de mourir, peur de ce que tu voyais, de ce que tu faisais, de ce que tu te voyais faire ?

Je me suis pas posé la question

Tu ne veux pas m'en parler ?

J'ai oublié

Sonia a cru que les récits de son père l'irritaient parce qu'ils étaient triomphants. Mais plus que les succès ressassés, peut-être que ce sont les silences entre eux qui l'impatientaient, ces épisodes oblitérés parce qu'ils ne correspondaient pas à la ligne rêvée du récit ?

Votre père, il vous a raconté son histoire ?

Oui

Elle a parlé trop vite. Son père lui a raconté sa fiction, une composition maîtrisée d'anecdotes et de silences. La splendeur d'Alger depuis la mer, puis fondu au noir, silence et quand le film reprenait, la guerre était terminée et le père rentré en métropole décidait de ne pas retourner à l'usine, mais de s'engager sur des chantiers de construction.

Après l'Algérie, je me suis engagé sur des chantiers comme manœuvre. Je voulais être au grand air et je voulais construire des trucs qui tiennent, arrêter de détruire, construire

Suivait l'épisode de Terra Amata. La guerre était absorbée dans le basculement de l'usine au chantier, elle n'avait pas d'autre existence, pas d'autres effets. Le père quittait un destin pour en initier un autre, c'était tout. Quelque chose de constructif en somme.

Le père se lève et va se poster devant la baie vitrée, les yeux sur la colline assombrie. À la cime des arbres, le couchant allume des flammèches, de l'orange et du rouge dansants.

Sonia essaye,

Papa ?

Les deux syllabes sont absorbées par la pièce comme par un buvard.

Papa ?

Elle abandonne,

Je vais y aller

Les arbres s'éteignent. Son père ne se retourne pas. Elle ne pensait pas qu'essayer de déplacer un silence était aussi épuisant.

De votre côté, c'était quoi ? La culpabilité ? Ce n'est même pas certain, peut-être, seulement, l'indifférence

Le brouillard a coulé sur le parc, avalant l'est, l'ouest et toute la lumière.

Garbejaïre vogue dans la ouate, les bâtiments d'entreprises ont disparu derrière les pins aux troncs noircis, des battements d'ailes agitent des feuillages invisibles. Parfois une feuille tombe, détachée du ciel.

Les phares de la voiture taillent la brume et découvrent sa consistance de gouttelettes. Elle se gare à côté de la jardinerie, claque la porte, marche au milieu de la route, elle n'entend pas le camion et soudain, le blanc éclatant des feux siphonne le blanc fade du brouillard, soudain les avertisseurs vrillent dans ses tympans, le son remplit tout, la vitesse avale les contours, le souffle – elle se retrouve sur le bas-côté, à plat ventre dans l'herbe. Le camion a disparu, il n'y a plus aucun bruit. Elle s'accroupit. Ils sont penchés au-dessus d'elle, attentifs, reconnaissables entre tous avec leurs troncs en lambeaux. Elle se redresse. Elle se réveille.

Le brouillard a coulé sur le parc – exactement comme dans son rêve. Sonia a dû ouvrir les yeux à la sonnerie du réveil, apercevoir le temps éteint, décider de le rêver au lieu de se lever.

Elle est en retard. On va croire qu'elle évite la cérémonie, on va interpréter son absence.

Les routes sont désertes, vidées par la brume et le dimanche. Elle gare sa voiture à côté de la jardinerie, traverse la route. Pas de camion. Elle passe les acacias, repère les eucalyptus, la stèle doit être en contrebas, sur sa gauche. Elle avance dans le gris rapproché. Des silhouettes émergent – lignes brouillées, prêtes à disparaître. Elle s'approche, guette les détails ; soudain, le brouillard se lève et il n'y a plus que ça, des détails, des couleurs, des textures, des expressions, des attitudes, une excessive précision. Sonia s'arrête, le temps d'accommoder. De là où elle se tient, une rangée d'hommes et de femmes lui tournent le dos, poings dans les poches, corps ramassés. Elle n'a pas besoin des visages pour reconnaître le maire, son adjoint, quelques élus, deux collègues d'Azurelect.

De l'autre côté d'une stèle blanche se tient un autre groupe. Sonia n'y reconnaît personne, à l'exception de la femme qui, en cet instant, se détache et s'avance, Safia, qui marche vers le ruban tiré entre deux potelets. Elle se penche – de là où se tient Sonia, ses gestes sont cachés par la stèle –, elle se penche et le ruban cède, comme sous le seul poids de son regard. Elle se redresse, et d'une voix où rayonne l'intensité qui manque au jour, elle lit,

La République française, en hommage au parcours et à l'œuvre accomplis dans les hameaux de forestage par les harkis, anciens membres des forces supplétives, et aux familles qui y ont vécu

Elle marque un temps,

La Commune de Valbonne, en hommage aux familles de harkis qui ont vécu au hameau de forestage de la Bouillide

Sa voix retombe et les applaudissements s'élèvent, augmentés de youyous. Sonia voudrait s'approcher. Une main la retient,

Vous avez raté les discours !

C'est l'adjoint.

Écoutez ils sont ravis, vraiment je vous remercie, en acceptant la stèle vous nous sortez une belle épine du pied

Sonia voudrait aller parler à Safia mais l'adjoint poursuit,

Certains membres de l'association vont pousser pour un musée, la présidente par exemple, mais ne vous inquiétez pas, plus de surprise, on va le construire ce visage

Sonia revoit le visage de Safia, lisant les inscriptions. De quoi parle l'adjoint ? Elle revoit le visage de Safia, animé de colère pendant leur discussion. Puis elle se souvient. Donner un visage à la technopole. La promesse d'Azurelect. Elle pensait au visage de Safia, l'adjoint lui parlait de celui de Sophia. Cette confusion la fait rire.

Qu'est-ce qui vous arrive ? demande l'adjoint

Sonia l'ignore. Son rire a commencé nerveux, mais elle le sent qui s'adoucit, elle le sent qui s'allège.

Plus de surprise.

Une stèle, un chantier. N'est-ce pas dans l'ordre des choses ?

L'adjoint l'emmène à l'écart, gêné de cet éclat qui n'en finit pas – discret, flûté, certainement pas tonitruant mais persistant et bizarre dans ce moment de recueillement. Ce n'est pas un rire cynique, pas un rire de victoire, non, Sonia ne voudrait pas qu'on décrive les choses ainsi, ses intentions sont bonnes. C'est un rire de soulagement, un rire de réveil insoucieux. Préserver quelques eucalyptus, déboiser le reste, nettoyer, effacer, en finir et ouvrir un futur sans obstacle. C'est ainsi qu'il faut vivre. Sonia jette un regard vers Safia, la voit entourée d'hommes et de femmes qui la congratulent, la prennent dans leurs bras. Elle n'ira pas la voir. Elle va rester dans sa rangée, de son côté de la route, de son côté du silence. Elle va construire.

Quitter

[un arbre]

Installé à flanc de relief, le campus universitaire SophiaTech surplombe le paysage. Les toits du bâtiment sont des terrasses vertigineuses d'où l'on domine les quartiers sud de la technopole, les plus récents, qui glissent au bas des collines, progressent vers Antibes et se mêlent à sa périphérie. Antibes et Antipolis se rencontrent dans cet estuaire à l'aménagement indécis, puis la vieille ville affirme son ordre et les constructions se resserrent en un ensemble continu que seule la mer sait interrompre – brutale, brillant comme une lentille au creux de l'horizon. Depuis les toits de SophiaTech, Antipolis, Antibes et la Méditerranée sont rassemblées en un seul paysage. Mais personne ne le regarde jamais, car depuis l'inauguration du bâtiment, l'accès aux terrasses est interdit.

Sur les maquettes du projet, les architectes avaient pourtant installé des bancs, des tables, des chaises et une foule de figurines représentant des enseignants et des étudiants occupés à discuter face au panorama.

Ils citaient Pierre Laffitte et se voulaient fidèles à l'esprit fondateur d'Antipolis – le lieu de travail devenant lieu de vie, le paysage inspirant la pensée. Mais sans autre explication que d'insistantes rumeurs au sujet de vertiges, au sujet de suicides, les toits-terrasses ont été fermés par de hautes grilles où des feuilles A4 répètent, en lettres rouges sur fond blanc, DANGER – NE PAS FRANCHIR. Régulièrement, une bourrasque les arrache et on retrouve leurs avertissements plaqués sur les pare-brise ou crucifiés dans les pins. Il arrive qu'on en découvre jusque sur Frankenpine.

Frankenpine pousse dans un petit bois à l'arrière de SophiaTech. Il est sourd au vent comme à la lumière. Il descend d'une invention de la compagnie de télécommunications américaine Nextel qui, au début des années 2000, avait voulu installer une antenne-relais dans la réserve naturelle des Adirondacks, au nord de l'État de New York. Pour obtenir l'autorisation de pénétrer cette zone protégée, l'entreprise avait imaginé de dissimuler son antenne dans un simili-pin en plastique haut de trente-cinq mètres, faisant valoir qu'ainsi, le paysage serait inchangé et que la nature, augmentée du réseau, demeurerait sauvage. Des associations écologistes avaient combattu le projet, baptisant l'arbre du nom de Frankenpine et affrétant des bus pour se rendre au siège de Nextel en Virginie et brandir, sous les fenêtres fumées du bâtiment polygone, des photocopies de l'article 14 de la constitution de l'État de New York garantissant que les Adirondacks resteraient sauvages à jamais. Les manifestants avaient joint leurs voix aux mots du texte, transformant en slogan la phrase constitutionnelle, l'extrayant des ouvrages juridiques et des tribunaux auxquels elle était destinée, la hurlant, la scandant, y croyant,

The lands of the state shall be forever kept as wild forest lands
The lands of the state shall be forever kept as wild forest lands
The lands of the state shall be forever kept as wild forest lands
The lands of the state shall be forever kept as wild forest lands

Mais Frankenpine avait été construit et, sans qu'il soit besoin d'oiseaux, d'insectes ou de grands vents, une forêt s'était propagée à partir de ce point et sur tout le territoire, une forêt où des pins donnaient naissance à des araucarias, qui engendraient des palmiers mexicains, qui eux-mêmes concevaient des dattiers, des cactus ou des pins douglas, une forêt de plastique dispersée à l'intérieur d'autres forêts, imitant si bien leurs essences que ses arbres-relais pouvaient passer inaperçus jusqu'au jour où s'abattait un nuage de termites ou une canicule. À l'issue du désastre, seuls les enfants de Frankenpine demeuraient intacts – droits et verts vestiges des *wild forest lands* décimées par une nature cruelle.

Le Frankenpine d'Antipolis est un arrière-petit-enfant de celui des Adirondacks. De taille plus modeste, il est parfaitement proportionné, irrémédiablement vertical, ses branches sont symétriques et ses aiguilles pareilles à une guirlande de Noël en papier dru. Une antenne pointe à sa cime, des câbles descendent par le cylindre de son tronc, sa base est une plaque de métal vissée au sol. Quand le mistral souffle, son immobilité le rend surnaturel.

La plupart du temps, Frankenpine est seul, mais aujourd'hui elles sont deux, assises au pied du grillage qui l'encadre.

Le métal chauffé par le soleil quadrille leur dos, la chaleur monte du sol et tombe du ciel, elles seraient mieux ailleurs, mais la torpeur les a saisies.

Juillet a tiré son désert sur Antipolis. Les routes sont vides même aux heures de pointe et le marquage au sol des parkings se déploie sans obstacle.

Elles vont partir aussi, mais ce ne sera pas pour l'été, ce sera pour toujours. Sun-Joo a trouvé un poste d'ingénieure d'exploitation sur le barrage d'Oroville en Californie, Sonja ignore encore où elle ira, elle est simplement sûre de la négative : pas ici. Elle sont passées récupérer leurs diplômes au secrétariat pédagogique, dans une heure, elles ont rendez-vous à la résidence pour l'état des lieux de leur chambre et la remise des clefs.

Ça fait deux ans qu'elles étudient sur le campus – master en gestion de projets hydrotechnologiques et environnementaux. Pendant ces deux ans, quand elles se représentaient la fin de leurs études, elles voyaient une explosion. L'Antipolis connue changée en son contraire. L'Antipolis des salles de classe aux stores baissés, des vidéoprojecteurs plaquant au mur des diagrammes et des lignes de bullet points, des matinées trop matinales et des après-midi sans fin, l'Antipolis de la bibliothèque, des livres plastifiés montés en tour sur les tables, des sommeils brefs, tête à plat sur le cahier, l'Antipolis des polycopiés, des surligneurs jaunes ou roses, des profs poursuivis dans les couloirs pour obtenir une lettre de recommandation ou une explication, l'Antipolis des cours de modélisation en hydraulique urbaine, d'ingénierie côtière et maritime, de contexte réglementaire, d'enjeux du changement climatique et de collaborative engineering, l'Antipolis des contrôles de connaissances, des exposés, des projets collectifs, ce monde tout entier repris et retourné sur lui-même, absorbé par une célébration déchaînée dans laquelle tout s'oublierait. Quand elles se représentaient la fin, elles voyaient la nuit, la fête, l'ivresse, les rires, les contours qui se brouillent dans les flashs, elles pressentaient la danse, les vibrations des basses au creux du ventre, la sueur, les corps trop proches ou pas assez, un vortex infini, illimité, où tout serait plus intense, où rien ne serait mesuré, puis juillet est venu, certains étudiants avaient déjà quitté le campus, appelés par des stages ou des embauches précoces, les cours s'étaient terminés selon un calendrier dispersé, les choses avaient fini les unes après les autres plutôt que toutes ensemble, Sonja et Sun-Joo sont passées prendre leur diplôme dans un bâtiment presque vide, la secrétaire leur a dit qu'elle ne pouvait imprimer qu'un papier temporaire avec leur relevé de notes, que le vrai diplôme avec motif de palmes sur papier épais et signature du président de l'université ne serait prêt qu'ensuite, d'ici quelques mois a-t-elle dit, et qu'il faudrait alors qu'elles viennent sur le campus pour le récupérer en personne.

Mais on ne sera plus là, a répondu Sonja

À vous de trouver une solution, a fait la secrétaire, on n'envoie pas ces documents par la poste et on ne fait pas de duplicata. C'est votre responsabilité. Je vous tire le bulletin temporaire ou pas ?

Elles ont pris le temporaire et sont sorties du bureau avec leurs papiers encore chauds de l'imprimante. Sans bien savoir comment, elles se sont retrouvées contre le grillage de Frankenpine, le cœur anesthésié par la banalité des événements.

Le soleil écrase tout. La fête n'a pas eu lieu. Sonja regarde autour d'elle. Puisque l'Antipolis connue n'a pas été submergée, elle pourrait essayer de tout retenir. Elle se concentre, mais très vite, elle s'ennuie, sort son téléphone, fait défiler ses notifications.

La tête de Sun-Joo pèse sur son épaule.

T'es lourde

Je suis bien

Tu veux pas enlever ta tête ?

Je suis bien

Les cigales étreignent l'espace. Sonja surfe sur ses réseaux déserts. Pas de messages, pas de notifications. Juillet. Elle échoue sur la messagerie de l'université, ouvre quelques mails et,

Sun-Joo, tu dors ?

Quoi ?

Il est mort

Qui ?

Le fondateur d'Antipolis, la fac vient de nous envoyer un mail, il est mort hier

Tu le connaissais ?

J'ai vu des photos, il était vieux, avec des tout petits yeux et une grosse bouche, il avait l'air gentil. C'est bizarre qu'il meure maintenant

Sun-Joo redresse la tête, promène un regard de traîne sur le paysage, comme à l'affût d'un signe puis, balayant sa frange du revers de la main, elle rit,
Comment ça bizarre ? Tu crois qu'il est mort parce qu'on s'en va ? Il supportait pas de nous voir partir ?
Arrête. Je veux dire, il meurt au moment où on part, du coup on dirait que c'est encore plus la fin, comme si la ville faisait ses préparatifs de départ en même temps que nous. Ça me fait la même chose que le jour où le géologue est venu nous faire une conférence sur les grottes et les cavités que ses équipes avaient découvertes dans le sous-sol d'Antipolis, cette espèce de ville en négatif qui était là depuis le début et qui fragilisait tout, tu te souviens ? On s'était dit que tout pouvait être avalé à tout instant
Qu'on allait disparaître et la ville avec nous
Sans laisser de traces. Ça me donne la même impression, comme si la ville était prête à s'effacer et qu'elle supprimait une à une les preuves de son existence. Imagine, on rend nos chambres, on s'en va, on se retourne et il n'y a plus rien
Antipolis a disparu
Personne n'en a jamais entendu parler, on est les seules à s'en souvenir
Quand on en parle, tout le monde nous prend pour des folles
On fait des candidatures et les gens qui regardent notre CV nous disent, Qu'est-ce que c'est que ça, Antipolis, ça n'existe pas
Personne nous croit

Et toutes les photos qu'on a prises sur nos téléphones ont été effacées

Il ne reste rien, nulle part

Attends

Sonja réfléchit,

Il faut qu'il reste une chose, un indice pour que quelqu'un puisse reconstituer Antipolis, sinon ça n'a pas d'intérêt, il faut qu'il reste

Quoi ?

Frankenpine par exemple, il pourrait rester Frankenpine. Imagine, c'est le seul à ne pas avoir été effacé et il conserve toute la mémoire de la ville, il est même à l'image de la ville, il la raconte sans le vouloir, il est comme elle, un truc totalement artificiel qui a voulu se glisser dans la nature mais qui n'y arrive pas vraiment

Sun-Joo se retourne. À travers les grilles, elle examine l'arbre factice. Le soleil le frappe droit mais il reste aussi obscur que s'il était à contre-jour. Sun-Joo soupire,

C'est triste Frankenpine comme dernière trace... Peut-être que ça pourrait être une architecture ou... je sais, j'ai trouvé, l'indice, c'est notre amitié. Antipolis a disparu, tout ce qui a été créé à Antipolis a disparu, sauf notre amitié et le seul fait qu'elle existe suffit à prouver qu'il y a eu une ville, un endroit où on s'est rencontrées, où on s'est liées

Un hélicoptère passe, recouvre leurs paroles, recouvre les cigales. Elles le regardent filer, tête baissée dans le ciel.

Jamais je monte dans un truc comme ça, soupire Sun-Joo

Une fois le bruit évanoui, Sonja glisse sa main dans celle de son amie,

Ça serait beau que notre amitié prouve l'existence d'Antipolis. Il y aurait quelque part une inscription secrète qui raconterait notre histoire, des gens la trouveraient, la déchiffreraient et sauraient ce qu'il s'est passé

J'imaginais plutôt l'inverse, pas que notre amitié soit une histoire, mais qu'elle dise l'histoire. Tu vois,

San-Joo se redresse,

On ne sait vraiment raconter les choses qu'une fois qu'elles sont terminées, quand on peut se retourner et les observer de loin, qu'on voit où elles commencent, où elles s'arrêtent, quelle forme elles ont, à quoi elles ressemblent. Au moment où les choses se passent, on n'a aucune idée de tout ça, il n'y a pas de contours et pas vraiment de direction. Les histoires, c'est ce qu'on gagne après la fin des choses, comme une compensation pour ce qu'on a perdu. J'espère que notre amitié ne deviendra pas une histoire, qu'on n'aura jamais la distance nécessaire pour la raconter, mais que si d'autres choses se terminent et deviennent des histoires, notre amitié saura les recueillir

On pourrait conserver une ville entière dans notre amitié ?

Pourquoi pas ? Ce n'est pas si compliqué une ville, il y a bien des types qui fabriquent la leur

Sun-Joo repose sa tête sur l'épaule de Sonja.

L'ombre de Frankenpine, raide comme l'aiguille d'une montre, s'approche lentement. Un dernier murmure s'efface dans le Chant des cigales,

Pousse tes cheveux, ça me chatouille

D'accord

Pierre a dit le nom, puis il s'est endormi dans les bras de Sophie et il n'a pas rêvé.
Sophie, dans les bras de Pierre, n'a pas dormi,
pourtant, elle a rêvé,
sans prélude, ni passage,
elle est au pied d'Antipolis, la ville est dans son dos et elle l'éprouve sans la voir. Devant elle, il n'y a plus de bâtiments en précipité vers la côte, plus de littoral compliqué de routes, il n'y a plus que l'eau.
La mer a monté jusqu'à Antipolis.
La mer a monté et s'est arrêtée brusquement,
sans vagues,
lisse comme un solide, avec pour tout mouvement celui des lumières qui la font
blanche au lever du jour,
bleue à midi,
noire la nuit.
Blanche, bleue, noire – indéfiniment.
Sophie entre dans l'eau.
La surface se plisse de reflets, du noir fuse dans le blanc et le fait scintiller.

Quelques brasses, elle s'éloigne.
L'eau réfléchit la lumière sans la laisser passer – même ses mains, elle ne les distingue plus.
Quand elle se retourne, elle voit
les collines,
rendues obscures par les pins qui les couvrent,
les bâtiments,
lovés dans la forêt comme une de ses formes de vie,
et dessous,
allongé sur la mer,
le reflet de la ville.
Sophie regarde Antipolis flotter sur l'eau et
– doucement, secrètement – elle la voit respirer, et
– doucement, secrètement –
elle la voit abandonner son image initiale,
entrer dans le mouvement, et
– doucement, secrètement –
glisser dans son reflet,
là
où personne
ne l'a jamais construite.

Merci

à Olivier Auger, Catherine Boileau, Alexandre Ahmed Dakiche, Martine Indelicato, Dominique Jalliffier, Dominique Poisson, Régine Trotignon, mes guides de Sophia-Antipolis, qui m'ont accordé leur temps, leur confiance et m'ont ouvert des pistes que je n'aurais pas su identifier seule ;

à Patrick Laurent et Justinien Tribillon, pour la précision de leurs lectures ;

à Jean et à Hélène, pour l'amour.

*

En mémoire de Pierre Laffitte (janvier 1925 - juillet 2021).

*

Les paroles des habitants du camp de la Bouillide aux p. 134-139 sont appuyées sur les témoignages rassemblés pour l'ouvrage *Je me souviens, mémoires vivantes. Récits de vie des habitants des nouveaux quartiers de Valbonne Sophia-Antipolis*, Mairie de Valbonne Sophia-Antipolis, 2003.

Composition : IGS-CP à L'Isle-d'Espagnac (16)
Achevé d'imprimer
par CPI Firmin-Didot
à Mesnil-sur-l'Estrée, en janvier 2022
Dépôt légal : janvier 2022
Numéro d'imprimeur : 168031

ISBN : 978-2-07-296715-3/Imprimé en France

402355